母娘の再会
「傍にいてやれなくてすまぬ。
でも、こうして元気でいてくれて……
妾はうれしいぞ」
アル
「ひっく」
ルナ
「うう」
ソラ

精霊族の里にて
「これは……」
視界の端から端まで、全てが緑で埋め尽くされていた。
森の中にいるかのように、辺り一面が草木に囲まれている。
タニア
カナデ

明かりの代わりなのか、
ふわふわと光が飛んでいる。
たぶん、光を放つ
虫の一種なのだろう。
ティナ・ホーリ
レイン・シュラウド
ニーナ

「あなたは……人間ではありませんわね？」
「正解です。よくわかりましたね？」

深山 鈴 Suzu Miyama
[ill] ホトソウカ
5
勇者パーティーを追放されたビーストテイマー、最強種の猫耳少女と出会う

Contents

１章　勇者の愚行

パゴスの村を襲った悪魔の正体は、天族の女の子のイリスだった。

絶滅したと言われている天族がなぜ生きているのか？　そして、なぜ人を襲うのか？　謎は尽きない。

それに、やるべきことも多い。

ある程度のダメージを与えたから、イリスが再び襲ってくるまでは、それなりの時間がかかると思う。その間に、対策を練らないといけない。

それとは別に、本来の目的である、イリスに関する調査を進めていきたい。彼女の能力はある程度把握することができたけど……俺個人としては、まだまだ足りない。

なぜ、あそこまで人を憎んでいるのか？

なぜ、あのような行動をしているのか？

イリスのことを深く知り、分かり合うことができれば……と思う。

それはとても難しいことかもしれないが、それでも諦めたくない。あがいてあがいて、やれるだけのことをやっておきたい。

そうでないと、後悔してしまいそうだ。

ただ、それらのことを行う前に、やっておかないといけないことがある。

アリオスがイリスの封印を解いて……しかも、その際に冒険者を殺《あや》めた疑いがある。

それだけじゃない。

イリスと共謀をして、あえて村を襲わせたという疑いもある。

どちらも勇者としてあるまじき行いだ。

本当にそんなことをしたのか？　そうだとしたら、なぜそんなことをしたのか？

きっちりと問い詰めて、全てを明らかにする必要がある。

◆

「何の用かな？」

村長の家に移動した後、アリオス達を呼び出した。家の中にいるのは、俺のパーティーとアリオスのパーティー。アクスとセル。それと、村長と村人が数人。

村長の家なのでそれなりに広いのだけど、これだけの人数が集まると、さすがに手狭に感じてしまう。とはいえ、誰が聞いているかわからないところで話すような内容じゃないので、そこは我慢してほしい。

アリオスは不機嫌そうにしつつ……それでいて、どこか焦りを含んだ顔をして言う。

「まったく……僕達は忙しいんだ。これから、あの天族を追わないといけないからね。つまらない話なら後にしてくれないか？」

「そうやって逃げるつもりか？」

「なんだと⁉」

あえて挑発するように言うと、アリオスは語気を荒くしてこちらを睨《にら》みつけてきた。それに怯《ひる》むことなく、逆に睨み返してやる。

アリオスのパーティーにいた頃は、なにか問題を指摘しようとしても、怒りをぶつけられて有耶《うや》無耶《むや》にされてしまうことが多々あった。

でも、そんなことは繰り返させない。聞きたいことはたくさんあるのだから、絶対に逃してやらないからな。覚悟しておけよ。

「イリスが現れた時、こんな話をしたことを覚えているか？　アリオスに解放してもらったから、そのお礼として協力している……って」

「っ⁉　そ、それは……」

痛いところを突かれたというようにアリオスの表情が歪《ゆが》み、ついついという感じで俺から視線を逸らす。まるで逃げているかのようだ。

「な、なんじゃと⁉　それじゃあ、今回の事件の原因は勇者様に……？」

「いや、まさか……そ、そんなことがあるわけないだろう！」

「そうだ、勇者様がそんなことをするはずがない。現に、俺達を助けてくれたじゃないか！」

村人達の間に動揺が走るのだけど、それでもまだアリオスを信じている人は多く、擁護するような言葉が飛び出した。

イリスとアリオスが会話をしていた時、村人達はその場から避難していたから、ぜんぜん話を聞いていないのだろう。

自分を擁護する村人達を見たアリオスは、自身の有利を確信して口元に笑みを浮かべる。

「やれやれ、なにを言い出すかと思えば……つまらない言いがかりはやめてくれないか？　僕は村人達を助けるために、命を賭けて戦ってきたんだよ。悪魔を解放するわけがないだろう。ましてや、その悪魔と協力するなんて……世迷《よま》い言《ごと》もほどほどにしてくれ」

「世迷い言なんかじゃない」

「君というヤツは……」

「アリオスに解放してもらった。だから協力することにした……俺は確かにそう聞いた。その目的はわからないが、なにかに利用しようとしたんだろうな。でも、彼女のことを甘く見ていた。イリスはアリオスの手を離れて暴走して、手痛いしっぺ返しを食らった……そんなところじゃないか？」

「まるで、見てきたかのように言うんだね」

「これでも、アリオスのことはそれなりに理解しているからな」

そこそこの間、一緒に旅をした仲だ。アリオスの性格や思考、行動理念など、やりそうなことはある程度予想できる。

今も言ったけれど、今回の事件の根幹にあるのはアリオスの愚行だ。イリスを利用しようとしたけれど、逆に利用された。そんなところだろう。

まったく……本当にふざけたことをするヤツだ。

くだらないことをしたせいで大きな被害が出た。そのことを考えると怒りが湧いてくる。

「ふんっ、くだらない。全部、君の勝手な憶測じゃないか。推理ですらない。そこまで言うからには、証拠はあるんだろうね？」

「それは……」

「ないだろう？　あるわけがない。全部、君のつまらない妄言なんだからね。そんなことで僕の名誉を貶《おとし》めようとするなんて……覚悟はできているね？」

アリオスは勇者であり、国と深く通じている。俺のことを反逆者なりそういう風に報告すれば、たちまち指名手配されてしまうだろう。

だからといって、ここで引き下がるわけにはいかない。こんなことをしでかしたアリオスを放置したら、次はどんなことをやらかすか。今ここで、その責任を問わないと。

とはいえ、どうしたものか？

アリオスの罪を問うには、俺の言葉の正当性を証明しなければいけない。でも状況証拠だけで、確たるものはない。

アリオスが勇者という立場にいる以上、確かな証拠が必要だ。それがなければ、追い詰めることはできない。

証人ならば用意できるかもしれないが、果たして協力してくれるかどうか。

「ありもしないことで僕を貶めようとした罰、しっかりと受けてもらおうか」

「おっと、待ってもらおうか」

「レインは嘘《うそ》を吐いていないわ」

アクスとセルが会話に割り込む。

もしかして、と期待する。

「俺が証人になる。レインはウソなんて言ってないぜ」

「私も証人になるわ」

二人は意を決した様子でそう言い、前に出た。

アクスとセルが証人になってくれれば、と思っていたのだけど、まさか自分から立候補してくれるなんて。特にアクスはアリオスを尊敬しているみたいだから、難しいと思っていたのだけど……よかった。これなら、なんとかなるかもしれない。

「レインの言っていることは本当だ。俺も、確かにこの耳で聞いた。そこの勇者と悪魔が手を組んでいた、ってな」

「アクスに同じく。レインはウソをついていないわ。ウソをついているのは勇者の方よ」

「なっ……」

思わぬ証言者が現れたことで、アリオスはあからさまに慌てる。

「き、貴様ら……レインの肩を持つなんて、どうかしているんじゃないか？　そんなことをして、タダで済むと思っているのか？　僕の一声で、貴様らを反逆者にすることもできるんだぞ？」

「はっ、追いつめられてきてるせいか、善人のフリした皮が剥がれてきてるぜ。やれるもんなら勝

手にしろ！　なにが勇者だ。あんたに憧れてた自分がバカみたいだぜ。こんなクズ野郎だったなんてな」

「何が目的か知らないけれど、あなたが今回の事態を招いているのよ。その自覚はないの？　欠片も反省していないの？　責任を感じていないの？　だとしたら……最低最悪ね」

「ぐっ……こ、こいつら！」

アリオスの顔が青くなり、次いで赤くなる。怒りのあまり、感情が乱れてコントロールできていないらしい。村人達の目がなければ、アクスとセルに殴りかかっていたかもしれない。

「アリオス、落ち着いてください」

「そーそー。うちら、やましいことなんてなんもないし。慌てたらダメだって」

「……そうだね。その通りだ」

ミナとリーンの言葉で、アリオスは落ち着きを取り戻した。

その表情は険しいままだけど、口調は穏やかに、冷静に話を進める。

「君達の言い分は理解したよ。それなりの覚悟を持って、僕が悪魔と共謀していたという、レインの主張に賛同しているんだろうね」

「おうよ！」

「しかし……だ。重ねて言うが、証拠はあるのかい？　君達がレインと組んで僕を貶めようとしていないと、誰が証明してくれるんだい？　証言が正しいという保証は？」

「それは……」

アクスは、痛いところを突かれたというように口ごもる。

「僕は勇者だ。この国に生きる人々を守るために戦っている。それなのに、人々を危険に晒《さら》すようなことはしない。そもそも証人になると言うけどね……ただの冒険者である君達の言葉と勇者である僕の言葉、人々はどちらを信じるかな？」

「ぐっ……こいつ！」

「やめなさい。気持ちはわかるけど、ここで手を出したらダメよ」

アクスが拳を握りしめるが、セルが制止した。

それを見たアリオスはますます調子に乗る。

「確かな証言であるという保証はない……それで構わないね？」

「……」

「沈黙は肯定とみなすよ。まったく……つまらないことを言ってくれたね？　この借りは必ず返すよ。今は悪魔の件で手一杯だけど、終わったら覚悟しておくといい。勇者という称号を授かっている以上、舐《な》められるわけにはいかないんだ。冒険者ライセンスの剝奪だけじゃすまないだろうな。投獄もありえるかもしれない。僕を貶めようとした罪、しっかりと償ってもらわないと……」

「証拠があればいいんですね？」

得意そうに喋《しゃべ》るアリオスの言葉を遮り、ソラがそう言った。

ルナがそれに続く。

「証拠ならあるのだ」

「……なんだと？」

「おい、そいつは本当か？」

アクスが目を丸くしつつ、話に食いつく。

「はい、本当ですよ」

「うむ。動かぬしょーこ、とやらがあるぞ！」

「ふん……くだらないね。どうせ、ただのハッタリだろう？　そんなものあるわけがない」

「ふっはっは！　ところがあるのだ！　さあ、ソラよ。見せてやるがいい」

「ソラが言い出したことなのに、なぜルナが仕切っているのでしょうか……まったく。メモリースクリーン」

ぶつぶつ言いながらも、ソラは魔法を唱えた。

すると、アリオスとイリスの幻影が宙に投射される。


『いくらわたくしを解放してくれたとはいえ、所詮は人間。しかも勇者。そのような者に、いつまでもわたくしが従うと思いまして？』

『なっ……き、貴様！　ふざけるなっ、話が違うぞ！』

『解放してくれたお礼にあなたに協力をする。確かにそういう約束でしたが、もう飽きました。そろそろあの村の者は殺したいと思っていたので、協力関係はここまでにいたしましょう』

『なっ、ぐっ。き、貴様……この恩知らずが！　よくもそんなことが言えるな。貴様は、この僕が解放してやったんだぞ⁉　それなのに裏切るつもりか⁉』
『約束は破るためにあるものですわ』

「これは……？」

「場の記憶を魔法で再現したものです」

問いかけるようにソラを見ると、そんな答えが返ってきた。

「過去の特定の時間を切り取り、映像として再現する……簡単に言うと、過去に起きたことをもう一度見ることができる魔法ですね。もちろん、自分の都合のいいように改竄《かいざん》することは不可能です。事実をそのままに再現します。これ、十分な証拠になりますよね？」

「なっ……バカな……」

アリオスの顔が青くなる。ついでに、ミナとリーンも青くなった。

アッガスは……無表情を保ち、何を考えているのかわからない。

「ついでに言うと、もう一つ、証拠があります」

そう言って、ソラは血で汚れた服を取り出した。

「悪魔が封印されていた祠《ほこら》の近くに、冒険者の死体がありました。何者かに斬り殺されていました。この服は、その冒険者の遺品です」

いつの間にか冒険者の遺品を持ち帰っていたらしい。たぶん、こうなることを予想していたのだろう。さすがというべきか、ソラは抜け目がない。

「ちなみに、その犯人はそこの勇者なのだ！　我らの魔法で判別したから間違いないぞ」

「動機は、目撃者を消すこと……封印の祠を壊すところを見られたから、殺したと考えるのが妥当でしょう」

「ぐっ……！」

アリオスは表情をひどく歪ませて、強く唇を噛《か》んだ。

「アリオス、どういうことですか……？」

「ちょ、ちょっと。あの冒険者は逃げ出した、って話してたじゃない」

ミナとリーンが慌てている。口封じに冒険者を殺したことは仲間にも秘密にしていたらしい。

「また証拠証拠と言われるのも面倒なので、さっさと披露することにしましょう。ルナ、どうぞ」

「うむ。さきほどと同じように、こちらの死者の記憶を再現してみせよう！　メモリースクリーン」

ルナが魔法を唱えると、宙に投射されていた映像が別のものに切り替わる。

これは……亡くなった冒険者の視点だろうか？　どこか薄暗い山奥で、アリオスと二人きりでいるところが見えた。

その後、なにやら言い争いになり……冒険者が背を向けたところで悲鳴が響く。振り返ると、血に濡《ぬ》れた剣を持つアリオスの姿が。

そこで力尽きて倒れたらしく、視界が傾いた。その視界が、赤いもの……血でいっぱいに濡れていく。

そのシーンが映し出されたところで、数人の村人が悲鳴をあげる。

そこでキリがいいと判断したらしく、ルナが魔法を止めた。

「ふふん、これならどうなのだ？　立派な証拠になるだろう？　それとも、まだ反論できるのならしてみるといいのだ！　我らの言葉を疑うということは、精霊族の力を疑うということなのだ」

「なっ……ぐ。こ、これは……」

さすがのアリオスも、こんなものを見せつけられては弁明できない。顔を青くするだけで、まともな言葉が出てこない。

トリックだ、とか言い出しかねないが、ソラとルナは羽を展開して精霊族であることを示している。魔法に長けた精霊族ならば、こんな魔法を使えてもおかしくはないだろうと、誰もが納得する様子を見せていた。

「……騙《だま》して、いたのですか？」

村長は悲痛な顔をして、振り絞るような声で言う。他の村人達はまた違う様子で、怒りに体を震わせてアリオスを睨みつけていた。

「我らを助けてくれたのは己のためで、あの悪魔と手を組んでいて、手柄を欲するためにそのようなことをしていたなんて……」

「なんてヤツだ……こんなのが、こんなふざけたヤツが勇者なのか……？」

「助けてくれたのも、自作自演だったのか？　悪魔と手を組んで……くそっ、こんな連中に感謝してしまうなんて！」

村人達の視線が矢のようにアリオス達に突き刺さる。

いや、村人達だけじゃない。アクスとセルも、ゴミを見るような目をアリオス達に向けていた。

「くっ……茶番だ！」

追い詰められたアリオスは子供のように騒いだ。

「このようなこと認められるわけがない！　僕をハメるために用意された、周到な罠《わな》だ！　それ以外にありえない、ありえるわけがないぞ！」

そんなことを口にするものの、まともに取り合う者は一人もいない。

ただただ、冷たい目が返ってくるだけだ。

「くそっ……お前達なんかに付き合っていられるものか！」

「あ、アリオス!?」

「ちょ、ちょっと待ってよ！　こんなとこに置いてかないでってば！」

「……ちっ」

最初に、アリオスが家を出ていこうとする。仲間である三人も、慌ててその後に続く。

ここで目を離したら、またなにかやらかすかもしれない。

逃がすわけにはいかないと、ナルカミのワイヤーを使い、アリオス達の捕縛を……

「ライティング！」

「くっ!?」

アリオスは強烈な光を放つ魔法を唱えた。

突然のことに対応できなくて、まともに光を直視してしまう。視界がおかしくなり、目を開けていられずにうめいてしまう。

物音がしないところから、他のみんなも同じく、動きを止めてしまっているみたいだ。

何度か目を擦り、瞬きを繰り返して……一分くらいしてようやく視界が回復する。しかし、その間にアリオス達は逃げてしまったらしく、綺麗《きれい》サッパリ消えていた。

「くそっ、逃げられたか！」

アクスが苛立たしそうに地面を蹴る。対するセルは冷静だ。

「仕方ないわ、あきらめましょう」

「あんなヤツ放っておいていいのかよ⁉」

「放っておくわけないでしょう。今回のことはギルドを通じて、きっちりと国に報告をあげておくわ。こんなことをしでかしたとなれば、国が放置しておくわけがない。近い内に、何かしらの沙汰が下るはずよ」

「ちっ。一発ぶん殴りたかったが……まあ、仕方ねえか。今はあんなのよりも、悪魔の対策を練らないといけない、ってことだよな？」

「そういうことよ。アクスにしては、珍しく察しがいいじゃない」

「珍しく、ってのは余計だ」

「なら、天文学的確率で。あるいは、明日、嵐になるかもしれないわね」

「そこまで言うことないだろ……」

アクスがしくしくと泣いて、そんな二人のおかげで雰囲気が少し和らぐ。

セルの言う通り、今はイリスの対策を練らないといけない。ある程度のダメージは与えたから、再襲撃がすぐにあるとは思えないが……でも、このまま諦めるとも思えない。村人達を狙い、地の果てまで追いかけてくるだろう。それだけの執念と憎悪をイリスから感じた。

二度目の襲撃に備えて、色々な対策を練らないと。

「これからのことについてだが、どうする？　俺達は調査班だが……」

アクスがちらりと村人達を見ると、すがるような目が返ってきた。

「今は動けねえな」

「そうだな。ここを離れている間にイリスがまたやってきたら、どうなるか……」

「討伐隊が到着するまでは、俺達が護衛をしないと、ってところか」

「あら。アクスの割に頭が回るのね。もしかしてニセモノ？」

「んなわけねえだろ⁉　俺でも、これくらいのことは考えられるわっ」

それ、よくよく考えるとむなしい言葉に聞こえるんだけど。

「あの……冒険者の皆様方は、村を守っていただけるので？」

村長がおずおずと不安そうに尋ねてきたため、しっかりと頷《うなず》いてみせる。

「ああ、もちろん」

「おおっ、ありがたい！」

「でもよ、村長……俺達、大した金持ってないですよ？　依頼料を払えるかどうか……」

「んなこと気にすんな。今なら格安にマケてぐぁっ⁉」

なにか言いかけたアクスの頭を、いつものようにセルが弓ではたいた。殴られるのがいつもの光景、っていうのもすごいな。最近、感覚が麻痺《まひ》しているような気がした。

「依頼料はいらないので」

「えっ⁉　いや、しかし……こういう場合は、依頼料を支払うのが普通では？」

「まあ、そうなんだけど……なんか弱味につけこんでいるみたいだから、それはちょっと。それに、村を守ることも調査の一環だから。悪魔のことを知る人がいなくなると、困るのは俺達だし……まあ、そんな感じで。あまり気にしないでほしい」

「「「あ、ありがとうございますっ‼」」」

村人達が一斉に頭を下げる。中には涙を流していたり、何度も何度も頭を下げている人もいた。

大げさな反応だと思うんだけど……でも、戦える人がいない彼らにとって、かなり切実な問題なのだろう。

「冒険者というのは、すばらしい人ばかりなのですな……まるで聖人のようだ」

「ああ。あの勇者とは大違いだ」

「もしかして、こちらの方が本当の勇者じゃないのか？」

「おおっ、そうかもしれないな。あんなのが勇者なんておかしいからな」

色々と言われ放題のアリオスだが、自業自得なので同情なんてしない。

「とにかく、討伐隊……応援が来るまでは俺達は村に滞在するので、よろしく」

「こちらこそ、よろしくお願いします」

「わかった、アクス？　こういう時は報酬を求めないのが一流の冒険者というものよ」

「うぐ……わ、わかったよ」

セルに諭されて、なんともいえない顔になるのだけど、アクスも間違ってはいない。

本来はきちんと依頼料をもらわないといけない。そうでないと、報酬を支払わなくてもいい、という認識が広まるかもしれない。そうなると他の冒険者が迷惑してしまうので、どんな事情があれ報酬を請求するのが常なのだ。

ということを、以前、ナタリーさんから教わったことがある。

とはいえ、依頼料がないからといって村人達を見捨てるわけにはいかないので、今回は特例ということで見逃してもらえるだろう。

「それで、これからどうする？　村の護衛ってのは問題ないが、それだけしかしないってのも時間の無駄だろ？」

「そうだな、んー……なら二手に別れるか。一つは、イリスに関する調査を。絶滅したと言われている天族が、どうして生き残っていたのか？　なぜ人を憎んでいるのか？　そこを知りたい」

「それ、必要か？　敵対してることはハッキリとわかったし、能力もある程度把握することができたじゃねえか」

「……俺は必要だと思う。話し合いが通じないと決めつけるには早い。ちゃんと言葉を交わすことができた。だから、戦いの理由が判明すれば、もしかしたら和解も……って思うんだ」

「ちと甘くねえか？」

「だとしても、だ」

「……はぁ」

先に折れたのはアクスだった。

「まあ、思うところはあるが、言ってること全部が間違いってわけじゃないからな。アイツはとんでもない能力を持っている。新しい情報があれば困ることはないな」

「助かるよ、アクス」

「合理的判断をしただけだ」

「にゃー、アクスはツンデレさんだね」

「ツンデレなのだ」

「変なこと言うな!?」

くすくすとカナデ達が笑う。俺も笑いそうになってしまう。

「じゃあ……村の防衛の一方で、調査も進めよう。あれから時間を置いたことで、新しいことを思い出した人がいるかもしれない」

「そうね……うん、妥当なところじゃないかしら」

アクスとセルから賛同を得られた。

念のためにみんなを見ると、問題ないというように頷いてくれた。

「討伐隊が到着するまでは、この方針で動こうか。まずは、調査を進めるチームだけど……」

「そっちは俺とセルが担当するぜ。そういう調査は得意だから任せてくれ」

「意外なことにね」

「そうそう、俺にしては頭を使う作業が意外で……って、おい⁉」

しっかりとツッコミを入れるなど、意外とノリの良いアクスだった。

「それなら、ソラ達も手伝いましょう。二人だけでは大変でしょうし……」

「我らが使う魔法があれば、聞き込みもスムーズに行えるぞ。ふははは！」

「……ソラ、ルナ」

ちょいちょいと二人を手招きする。

「どうしたのだ、レイン？」

「内緒話ですか？」

「調査の件で、ちょっと頼まれてほしいことがある」

「む？」

「イリスの過去について、ソラとルナなりに調べてくれないか？　なぜあの山に封印されていたのか、とか。そういうところを」

「それは構いませんが……なぜ、そんなことを？　アクスとセルに話さなくていいのですか？」

「必要な情報かどうか確定していないし、それと……ちょっと思うところがあって」

「ふむ……構わないぞ。疑問はあるが、我らはレインのものだからな。主の言うことには、黙って従うのだ」

「ただ、考えがまとまったら、後で教えてくださいね？」

「ああ、もちろんだ」

「おーい、どうした？」

「いや、なんでもない」

ちょっとした密談が終わり、みんなのところへ戻る。

「それじゃあ……調査をしつつ、残りは村の防備を固めるということでいいな？」

「うん、いいよー」

カナデがにっこりと頷いた。

「じゃあ、そんな感じで進めよう。あんな戦いがあったばかりで大変かもしれないが、力を合わせてなんとか乗り越えていこう」

「「「おーーーーっ!!」」」

2章　イリスの過去

　イリスに関する調査は難航している。

　言い伝えなどはたくさん出てくるのだけど、信憑性《しんぴょうせい》のある情報が少ない。伝承という形で人から人へ伝わるうちに、情報の正確性が薄れていき、曖昧なものになってしまったのだろう。なので、より詳しい情報を得ることはできなかった。

　ただ、ちょくちょくとある単語を耳にする機会があった。その単語について、色々と考えさせられるのだけど……それは今は伏せておこう。

　そして村の防備の方は、わりと順調に作業が進んでいた。

　村を囲む様に防壁を設置して、地を歩く魔物が侵入できないように。さらに、柵に細い鉄線を巻き付けた罠《わな》を設置しておいた。低ランクの魔物なら近づくだけで傷つき、侵入することは叶《かな》わないだろう。

　それと、防壁の二箇所に門を設置しておいた。門といっても、丸太を複数束ねたものを使っただけの簡易的なものだ。大きな街にあるような、鉄で作られたものとは違う。

　強度は低いが、それでも魔物の侵入をある程度制限することができる。これがあるとないとでは、村への被害が大きく異なるだろう。

「ふう……一応、順調といっていいのかな？」

あれこれとしているうちに夜になり、その日の作業は終了。ごはんを食べて解散になるのだけど、俺は一人、夜風を浴びていた。

「さて、これからどうなるか」

討伐隊が到着するのが先か、イリスが再襲撃をする方が先か。どちらにしても、イリスには破滅の未来しか待ち受けていないだろう。

いかに最強種であろうと、国にケンカを売ってタダで済むわけがない。

そう遠くないうちに、イリスの排除という形でこの事件は終息するだろう。

「……それでいいのか？」

本当にこのままでいいのかという迷いがある。ただ、どこに疑問を覚えているのかわからなくて、なんともいえないもやもや感だけが残る。

「ふう……考えるだけでもやもやするなんて、本当に厄介な相手だな」

「あら、あら。それはもしかして、わたくしのことでしょうか？」

後ろから聞き覚えのある声がするのだけど、俺は普通に返す。

「他に誰がいるんだ？」

「あら、驚かないのですね」

ひょっこりと、イリスが顔を見せた。

いつものように笑みを浮かべているのだけど、ちょっとだけ拗《す》ねているような気がする。

もしかして、俺が驚いていないことをつまらなく思っているのだろうか？　子供っぽいところもあるんだな……と、また一つ、イリスの新しい一面を知ることができた。

「初めて出会った夜のこと、覚えているか？」

「ええ、ええ。もちろんですわ」

「あの日も、こんな夜だったから……もしかしたら会えるかな、って思っていたんだ」

「ふふっ、運命的ですわね」

「運命……なのかな？」

「そう言った方が素敵だと思いません？」

「そうかもな」

イリスが隣に立つ。夜風を浴びて、揺れる髪を手で押さえる。

最強種とか天族とか悪魔とか……こうして見ていると、普通の女の子とまるで変わらないな。

「今日はどうしたんだ？」

「あら、もしかしてお忘れですか？　レインさまが、また会いたい、とおっしゃったのですよ」

「覚えているけど……ちゃんと約束を守ってくれたんだ」

「こう見えても、わたくし、義理堅いのですよ？」

「アリオスのことは裏切ったのに？」

「ふふっ、痛いところを突きますね」

くすくすとイリスが笑う。

何かを企んでいるとか、そういう雰囲気はなくて、俺との会話を普通に楽しんでいるみたいだ。

「ですが、あの勇者のお願いはきちんと聞きましたわよ」

「パゴスの村人達をアリオスが助けたことにする……か」

「手柄や名声を欲していたのでしょうね。そのような取引を持ちかけてきましたわ。正直に言うと、はねのけてもよかったのですが……解放してもらった恩もあり、引き受けてしまいました。あと、獲物は一気に狩ってしまうとつまらない、とも言われたので」

「最後の一言で台無しだな……」

「ふふっ。なにしろ、わたくしは『悪魔』ですから」

その笑顔は悪魔ではなくて天使のようだ。それなのに、どうしてあんなことをするのか？　どうして、人を憎んでいるのか？

できることならば、イリスの心を覗《のぞ》いてみたい。

「一つお聞きしたいことがあるのですが、レインさまは冒険者なのですよね？」

「ああ、そうだよ」

「今回、わたくしの邪魔をしたのは依頼によるものですか？」

「まあ……それに近いかな」

イリスの調査を請けたことを話した。

そんなことを本人に話していいのか、という問題はあるが……隠していても、イリスなら簡単に暴いてしまうような気がしたので、素直に話すことにした。

「なるほど、なるほど」

なにやら得心のいった様子で、イリスが頷《うなず》く。

「間違っていたら、違うと指摘してくださいね？　レインさまは、わたくしに関する調査を引き請けた……しかし、その依頼にわたくしの討伐は含まれていない。違いますか？」

「いや、その通りだよ」

イリスは何を言いたいのだろう？

「それならば、わたくしと無理に戦う必要はありませんね」

「え？」

「このまま回れ右をして、残念ながらめぼしい成果は得られませんでした、と報告をしても問題ないわけですね。勇名に傷がついてしまうかもしれませんが……レインさまならば、すぐに次の手柄を立てることができるでしょう。あまり気にすることではありませんね」

「なにが言いたいんだ？」

「退いてくださいませんか？」

イリスは、見ていると吸い込まれるような瞳をこちらに向けた。

その言葉の意味を理解して、ついつい目を大きくしてしまう。

「どうして、そんなことを……？」

「ふふっ、決まっていますわ」

そっと、イリスの細い指が俺の頬を撫《な》でる。そのまま妖しい笑みを浮かべて、ささやくように言う。

「わたくしが、レインさまのことを気に入っているから……ですわ」

「その言葉、本当だったのか？」

「あら、心外ですわ。わたくしは、いつも本当のことしか口にしませんわよ？」

「ウソもしれっとついている気もするが……」

「ふふっ、なんのことでしょうか」

時に妖しい笑みを見せて、時に子供のように無邪気に笑う。

どちらがイリスの本当の顔なんだろう？

「わたくし、レインさまを傷つけたくありませんので。どうでしょうか？」

「疑問なんだけど、どうして俺のことを気にかけてくれるんだ？　最初の出会いは穏やかなものだけど、その後にやりあって……気にしてくれる要素なんてないと思うんだけど」

「そうですわね……これはわたくしの感覚なので、なんと言っていいのやら。曖昧な言葉になりますが、レインさまには、普通の人間とは違う『なにか』を感じますわ。それ故に、他の人間と違い惹《ひ》かれてしまうのです」

「普通の人間とは違う、って言われてもな……俺は普通の」

そこまで言いかけて、普通じゃない、ってみんなからいつも言われていることを思い出した。

「……ちょっと変わったビーストテイマーにすぎないぞ？」

そんな風に言い直した。

あまり自覚はないんだけど……俺みたいなビーストテイマーは、ほとんどいないらしいからな。

「へぇ……レインさまが普通ですか。そのようなことを言われたら、普通の定義を疑ってしまいたくなりますわ」

「ビーストテイマーとしては特殊かもしれないが、その他は何もないぞ？」

「本当に？」

「何を疑っているのか知らないが、ウソはついていないぞ」

「わたくしの勘が鈍ってしまったのか、それとも……レインさまが知らないだけなのか」

イリスがさらに顔を近づけてきた。

綺麗《きれい》な顔が目の前にあるのだけど、不思議とドキドキすることはなくて、なぜか落ち着いた。

「これは、わたくしの感覚の話なのですが……レインさまは、あの勇者と似ていますわね」

「えぇ……」

たぶん、今の俺は、おもいきりイヤそうな顔をしているだろう。

「あら、イヤそうな顔をしていますわね」

「アリオスと一緒にされてもな……」

「性格、雰囲気などが同じ、というわけではありませんわ。そうですね、なんといえばいいのでしょうか……魂が似ている、とでも言えばいいのでしょうか」

「魂が？　それって、結局似た者同士、っていうことにならないか？」

「ぜんぜん違いますわ。魂はその者の根源を指すもの。性格や雰囲気などはまったく関係ありませんわ。その者の全てを表すものですから、表面上の問題などではなくて、もっと根源的な……」

「悪い、難しい話はわからない」

「くすっ。夜は長いですから、ゆっくりと講義いたしましょうか？」

「勘弁してくれ」

降参とばかりに手を挙げると、イリスが楽しそうに笑う。

そんな彼女が人を憎んでいるなんて、とてもじゃないけれど信じられない。未だに、なにかの間違いではないかと思ってしまう。

なにがイリスをここまで歪《ゆが》めてしまったのだろう？

「今の話ですが、簡単に言うと『血』でしょうか。レインさまの体に流れている血と、あの勇者に流れている血……それはひどく似ていますわ。そんな感覚を得ましたわ」

アリオスは勇者であり、神の血を受け継いでいる。

そんなアリオスと似ていると言われたら、それは……

「まあ、確たる証拠があるわけではなく、わたくしの勘ですので。あまり深く考えないよう」

と言われても、簡単に忘れることはできない。イリスはつまらないウソをつくような性格はしていないし、ウソをついてもメリットがまるでない。

本当のことなのか、いつか真面目に考えてみる必要があるかもしれない。

「それよりも、聞いてもいいか？」

「はい、なんでしょう？」

「どうして人を殺すんだ？　どうして人が憎いんだ？」

「あら、直球なのですね」

「下手にごまかすよりは、こう聞いた方がいいかな、って」

「そうですね……わたくしのことだから、理由なんてないかもしれませんわよ？　ただ単に、暇つぶしにしているだけなのかも。そう……子供が意味もなくアリをつぶすように」

「イリスはそんな子じゃないよ」

「つい先日、出会ったばかりなのに、どうしてそう言い切れるのですか？」

「勘かな」

　イリスの言葉を借りてみた。

「あと、俺の願望も混じっているかもしれない」

「願望ですの？」

「イリスと戦いたくないというか……敵と断定することができないんだ。ちょっと話が横に逸れるけど、以前、魔族と戦ったことがあるんだよ。魔族は意味もなく人を殺して、そうすることが当たり前のように破壊を撒《ま》き散らした」

「それが普通ですわね。魔族というものは、己以外の生き物を認めませんから」

「でも、イリスは違う。なにかしら理由があって、人と戦うことを選んだように見える。何か強い理由があって……それで、敵対することを選んだ。違うか？」

「正解ですわ」

イリスは、意外とあっさりと認めた。

「レインさまの言う通りですわ。わたくしは、魔族とは違います。意味もなく人間を殺すようなことはしませんわ」

「なら……」

「ですが、意味があるのならば……ためらうことなく殺します」

そう言うイリスの瞳は、ありったけの憎悪で満たされていた。

「その理由を教えてもらうことは可能か？」

「知ってどうするのですか？」

「わからない……でも、なにも知らないまま戦いたくないんだ。イリスのことを知りたいんだ。それに、ひょっとしたら和解できるかもしれないだろう？」

「ありえませんわ」

即答された。

断言された。

絶対に人を許してたまるか……そう言っているように聞こえた。

「ですが……レインさまは、このような答えでは納得しないのでしょうね」

「うん、そうだな。できることなら、イリスの口から真実を聞きたい」

迷うような間。

ややあって、イリスが小さな吐息をこぼす。

「ふう……強引な方。そこまで言われたら、仕方ないですわね」

「じゃあ……」

「ですが、勘違いなさらないように。話をするのは、わたくしのことを理解してもらうためでも、和解するためでもありませんわ。わたくしが心に抱いているものを教え……諦めてもらうため。和解などは決して不可能と認識してもらうため。そのために話をするのですわ」

「それでもいいよ。イリスのことを聞かせてくれないか？」

「本当に強引ですわね。ですが、時に強く誘われることは嫌いではありませんわ」

くすりと笑うと、イリスが俺から離れた。そのまま村の外れに移動する。

俺もその後をゆっくりと追いかける。

「レインさまのご家族は、今なにをしていらっしゃるのですか？」

俺に背を向けたまま、イリスは静かな声で問いかけてきた。

「いや。家族なら、けっこう前に魔物に襲われて死んだよ」

「そうでしたか……失礼しました。嫌なことを聞いてしまいましたね」

「構わないよ。一応、心の整理はついているから」

「そう言ってくださると助かりますわ」

イリスが微笑んだような気がした。顔は見えないけど、そんな感じがしたのだ。

「レインさまに抱いている親近感の理由の一つが、今わかったような気がしますわ」

「それは……？」

「わたくしも、家族を全て失っていますの」

イリスの声からは、わずかな悲しみが感じられた。

とても人間臭い感情を受けて、こんな時になんだけど親しみを覚える。やっぱり、イリスも家族を失うと悲しいのだ。その感情は、俺達人となにも変わらない。

「……それは、天族に関わる話なのか？」

少し迷ったけれど、踏み込んでみることにした。

天族は絶滅したとされているけど、それはなぜなのか？　なにもわからない。

ふと思う。

もしも、天族が絶滅した理由に人が関わっているとしたら？

だとしたら、イリスの憎しみも納得できた。

「わたくしのことを話す前に……まずは、わたくし達天族についてお話ししましょうか」

イリスが振り返る。その顔は、不自然なほどに穏やかなものだ。

「レインさまは、わたくし達天族について、どれほどのことを知っていますか？」

「そうだな……ほとんど知らない、っていうのが正直なところかな。滅んだと言われていたり、姿を消したと言われていたり。あと、守護者っていう話も聞いた」

ごく一部の人が、そんなことを口にしたのだ。その単語が示す意味はわからないが、もしかしたら、昔は友好的だったのでは？　と考えている。

「なるほど、なるほど。そういうことになっているのですか……」

イリスが軽く爪を噛《か》んだ。

「全てが全てというわけではないようですが……しかし、自分達に都合の悪いことは消す、いかにも人間が考えそうなことですわね」

「それは、どういう意味なんだ？」

「どういうことだと思いますか？」

イリスの言動や、時折見せる激烈な感情。それらの事柄から、一つの推理を口にする。

「……天族が絶滅したのには、人が関わっている？」

「正解ですわ」

やっぱり、か……イヤな予感はしていたが、まさか事実とは。

いったい、過去になにが起きたのか？　当事者であるイリスに語らせることは、ひどく酷なことかもしれない。しかし、話を聞かなければ先に進むことができない。

「辛いかもしれないが、詳しく教えてもらえないか？」

「ええ、ええ。構いませんわ。レインさまにならば、全てをお話ししましょう。まあ、さきほども言ったように、それは分かり合うためではなくて……分かり合うことなんて不可能、ということを知ってもらうために、ということになりますが」

「それでも構わない」

「ふふっ、では、続きをお話しいたしましょうか」

どこか楽しそうに、イリスがその場でくるりと回る。

「さてさて、どこまで話したでしょうか？　ついつい、話が横道に逸れてしまい、忘れてしまいました」

「天族について説明するところだろう」

「ああ、そうでした。わたくし達天族について、ですわね。レインさまが、わたくし達天族についてほとんどなにも知らないというのならば、まずは天族についての説明からいたしましょう」

イリスが地面に座る。土でスカートが汚れるのも構わず、体をくつろがせる。

それから、隣をぽんぽんと叩《たた》く。

それに誘われるように、俺はイリスの隣に腰を下ろした。

小さな静寂。この広い世界にイリスと二人きりになったような、そんな不思議な錯覚を覚える。

やがて、イリスがそっと口を開いた。

「……天族というのは、神々から恩恵を授かった種族なのですわ」

「神々の恩恵を授かったという点では、神族と似ているかもしれませんわね。ですが、神族とは決定的に違うところがありました。わたくし達天族は、神々の尖兵《せんぺい》なのですわ。地上に降りることができない神々の代わりに、天の意思を執行する。それが、わたくし達天族に課せられた役目。そんな使命を持つ点が、神族とは大きく異なるところですわね」

「それじゃあ……天族が神様の使い、っていうのは正しい情報だったのか」

「ええ、ええ。そうですわ。ところどころ正しい情報が残っているみたいですわね。さすがに、全てをウソで塗り固めることはできなかったのでしょう」

その言葉を真正面から捉えるのならば、今、俺達が伝え聞いている伝承のいくつかはウソということになる。いったい、どれがウソなのだろうか？

「というか、さらりと神様の話をしているな……神様が地上に降りることができないなんて、初めて聞いたんだけど」

「あら、そうなのですか？　これくらいは、普通の人間でも知っていると思うのですが」

「教会に通って、神様の教えを学ぶ機会なんてなかったから」

故郷が魔物に襲撃されなければ、いずれは教会に通うようになっていたのかもしれない。でも、そんな機会は永遠に消えた。

それに、故郷が襲撃された時、神様に祈ることは止めた。

信じていない、っていうわけじゃないけど……いざという時に助けてくれるわけじゃなくて、自分自身が力をつけないといけない。だから、必要以上に祈るということはしなくなった。

「わたくし達天族の使命は、神々の代わりに天の意思を実行すること。天の意思とは……人間を守ること。そして、天敵である魔族を殲滅《せんめつ》すること。その二点ですわ」

その天族が、今では悪魔と呼ばれて人の敵になっている……なんていう皮肉だろうか。

「当時のわたくし達は、まあ……思い返すだけでも寒気が走るのですが、人間と良い関係を築くことができていましたわ。わたくし達は人間を守り、人間は天族を敬っていました」

イリスは、まるでその光景を見てきたかのように話すのだけど……

「話の腰を折って悪いんだけど……イリスって、何歳なんだ？」

天族が絶滅したのは遥《はる》か昔のことだ。それなのに、当時のことを知っているかのように話すっていうことは……こんな見た目だけど、イリスは俺よりも遥かに年上？

「はぁ」

イリスはため息をこぼすと、ジト目を向けてくる。

「レインさま。女性にそのようなことを尋ねるなんて、礼儀がなっていませんわよ？　ましてや、大事な話を遮ってそのようなことを聞くなんて」

「わ、悪い。ついつい気になって……」

「まったく……でも、そういうところがレインさま『らしい』のかもしれませんわね。何事にも囚われることがない自由……ある意味で、美徳なのかもしれません」

「えっと……ありがとう？」

「半分は皮肉なのですから、素直に受け止めないでください。ふふっ、本当に仕方のない方」

ジト目から笑顔に変わる。

こうして、ずっと笑っていられるような関係になれればいいのに。

しかし、イリスによると、それは絶対に不可能らしい。

「さて、少し話は逸れてしまいましたが……わたくし達と人間は、それなりに良好な関係を築くことができました。良き隣人となった、と言っても過言ではありませんでした。天族は人間に寄り添い、共に発展の道を歩みました」

最強種が人と寄り添う生活……その光景を想像して、少し和んだ。

今の俺のパーティーみたいなものなのだろうか？　きっと、楽しくて穏やかな日々が続いていたんだろう。

そんな想像は間違ってはいないらしく、イリスも穏やかな顔をしていた。人と過ごしたという日々は、あれだけの憎しみを見せるイリスにとっても、決して悪いものではなかったのだろう。

「そんなある日のこと……魔王が復活しました。レインさまもご存知ですよね？　魔王は定期的に代替わりをして、休眠期を過ごした後、活動期に入る。その後は、全魔族を率いて人間を滅ぼすために戦争を起こす。なぜ人間を滅ぼそうとするのか、それはわかりませんが……遥か昔から、人間と魔王の戦争は繰り返されてきました」

「そうだな……そのことは俺も知っているよ」

「わたくし達天族は、人間を守護する者。そして、魔族を討ち滅ぼす者。故に、人間と共に魔族と戦いました」

当時の戦いを思い出しているのか、イリスは険しい顔をしていた。よほど苛烈な戦いが繰り広げられたのだろう。

「たくさんの仲間が死にました。たくさんの人間が死にました。それでも、魔王を討つことはできませんでした」

「魔王はそんなに強いのか？」

「ええ、とても強かったですわ。わたくし達天族が束になっても倒すことができなくて……わたくし達は虫のように、ただただ狩られるだけでしたわ」

イリスは唇を噛んだ。今、どんな思いを抱いているのだろう。

魔王に対する激情か？　あるいは、力及ばなかった自分への不満か？

「このままでは全滅してしまう。魔王が勝利して、全てが滅ぼされてしまう。そう判断したわたくし達天族は、最後の手段に出ることにしましたわ」

「最後の手段……？」

「自爆です」

「っ」

さらりと言い放たれたその言葉に、思わず息を飲んでしまう。

「天族は、最強種の中で最大のスペックを持っています。身体能力はもちろん、強い魔力も持っています。故に、全ての力を解放して暴走させて敵にぶつける……そのような策がとられました」

「そんなことが……」

「天族一人の自爆で魔王を倒せるほど、敵は甘くありません。多くの天族がかき集められて、その全てが特攻することになりました」

「そこまでしないとダメだったのか……？　そんなことをしてまで……」

「それほど、魔王の力は絶大なのですわ」

当時を思い出しているのか、イリスは苦い顔をしていた。

ただ、イリスの話はまだ終わっていない。なぜ人間を憎むようになったのか、その部分に触れていない。むしろ、ここからが本題なのだろう。

「続きを話してくれないか？」

「ええ、構いませんわ」

「……ごめん」

「ふふっ、同情しないでくださいませ。確かに、当時のことを思い出すのは辛いですが……わたくしの中では、もう終わったことなので。それほど気にしていませんわ」

「そうか……今は、そういうことにしておくよ。ありがとう」

辛くないなんて、そんなことがあるわけがない。それでも、イリスは話を続けてくれる。

せめてもの礼儀として、頭を下げておいた。

「わたくし達天族は自爆をすることになりましたが、全員、というわけではありません。そのようなことをしたら、絶滅してしまいますからね。わたくしのような若い者は特攻することなく、残されることになりました」

「そっか、なるほど……確かに、そうなるよな」

「多くの天族の命と引き換えに、魔王にダメージを与えて……そして、人間の勇者が刺し違える形となり、ようやく討伐に成功しました。他にも、まあ、色々とあったのですが……そこは今回の話には関係ないので省きましょう。ともかくも、そのような経緯で魔王を討つことに成功しましたが、わたくし達天族は、その数を大幅に減らすことになったのです」

凄絶な話だった。最強種が滅びてしまうギリギリのところまで命を賭けないといけないなんて……改めて、魔王の脅威を思い知る。

いつか魔王が活動を開始したら、同じようなことが起きるのだろうか？　その時、俺はどんな行動をとるのだろうか？　仲間はどうなるのか？

イリスの話が他人事とは思えず、この先のことを考えてしまう。

「わたくし達天族は大幅に数が減ったため、その存在意義を達成することが困難になりました」

「存在意義……神様の意思の代行か？」

「ええ、その通りですわ。残ったのは、女子供ばかりでしたので。人間の守護者となることも魔族と戦うこともできず、種の存続を図ることで精一杯でした。故に、神々は天族の使命を白紙に戻してくれましたわ」

「まあ、そうだよな。そこで無理をして働け、なんて言われてもできるわけないし……そんなことを言われたら逆に怒るよな。神様も、そんな無茶は言わなかった、っていうことか」

「ええ、その通りですわ。神々は無茶をおっしゃいませんでした」

その言葉に、引っかかるものを感じた。

神様はそのようなことは言わない。つまり……

「ですが、人間は無茶を言いました。今までのように、自分達を守ってくれ……と」

「それは……」

思わず言葉を失う。

魔王との戦いで天族の大半は死んでしまった。もはや今までのようにはいかず、人間を守るどころか種の存続さえ危うい。

そんな状態に陥っているというのに、今まで通りに守ってほしいと言われてもできるわけがない。あまりにも無茶な要求だ。

当時の人達は、何を考えていたのか。

無茶苦茶な要求を天族にして……

そんなことが通ると思っていたのだろうか？

そんなことが許されると思っていたのだろうか？

「わたくし達はどうしたと思いますか？」

「……断った？」

「いいえ、違いますわ。今まで通り、変わらずに、人の守護者であろうとしました」

意外な言葉が飛び出して、ついつい目を丸くしてしまう。

普通に考えて断るはずなのに……

「どうして？」

「不思議に思いますか？　まあ、わたくしも不思議ですわ。当時のわたくし達は、どうかしていたのかもしれませんね。種の存続が危ういというのに、それでもなお、人間の守護者であり続けようとするなんて」

「もしかして……それが、天族の存在意義……だからなのか？」

「ふふっ、正解ですわ」

イリスが笑う。

それは、どこか自嘲めいた笑みだった。

「わたくし達天族は、神の意思を代行するために作られました。そして、その神の意思は人間を守ること。故に、他の生き方は知らないのですわ」

他の生き方は知らないという言葉は、とても悲しいものに聞こえた。

自由があるようで、まったく自由がない。鳥籠の中の鳥のようなもの。

ただ、与えられた役割をこなすことしかできないなんて……こう言ってはなんだけど、天族というのは、どこか壊れているのかもしれない。

「苦い顔をしていますね」

「まあ……」

「どう思いました？　素直な感想を聞かせてくださいませんか？」

「……おかしい、と感じた。自分の意思がないというか……言い方は悪いが、他人に依存した生き方をしているように思う」

「依存……ふふっ、その通りですわ」

再び、イリスが自嘲めいた笑みをこぼした。

その寂しい笑みを見ていると、胸が締め付けられるように痛くなる。

「わたくし達天族は、神々に与えられた使命をこなす種族だった。誰かに使命を与えられて、それをこなすことを生きる道としてきた。それ故に、いつの間にか自分で道を選ぶことができなくなっていたのです」

「それは……寂しいな」

「そうですわね、寂しい生き方ですわ。ですが、当時のわたくし達は、それが最善であると信じて行動しました。まあ、他に生き方を知らないということもありますが」

「そう言うってことは、これからも守ってほしい、っていう人達の言うことを受け入れたんだよな？」

「ええ、受け入れました。わたくし達は、個体数を減らしながらも、なおも人類の守護者であり続けようとしましたわ。その結果……どうなったと思いますか？」

そんな問いを投げかけられた。

どうなった……か。

普通に考えるなら、人の守護者であり続けることはできない……だよな？

個体数が激減して、残った天族も女子供ばかり。そんな状態では、今まで通りの力を発揮することはできない。使命を果たすことはできない。

「……守ることはできなくなった、か？」

迷いながらも、そんな答えを出した。

「んー……半分正解、ということにしておきましょうか」

「違うのか？」

「半分は正解ですわ。わたくし達、生き残りの天族には大した力は残されていませんでしたわ。人間の守護者であろうとしても、圧倒的に力が足りない。今までのように、魔物から人間を守ることも、魔族を排除することもできなくなりました。最強種だとしても、残されたのは女子供ばかりなので……雑魚ならばともかく、強力な魔物の相手は難しいのですわ。魔王が討伐されたとはいえ、その影響は大きく、当時は強力な魔物がたくさんいたのです」

「そうか……まあ、普通に考えてそうなるよな」

であれば、半分正解という言葉には、どんな意味があるんだろうか？

残り半分の真実は、いったい……？

「正解は……人間を守ることができなくなり、わたくし達天族は糾弾されることになりました、ですわ」

「なっ……」

あまりといえばあまりの展開に、言葉が出てこない。

そんな俺の反応は予想していたというように、イリスは淡々と続ける。

「力を失い、以前のように動くことができなくなったわたくし達を、人間は責めましたわ。どうして助けてくれないんだ？　苦しんでいる俺達を見て楽しんでいるのか？　本当は守るつもりなんてないんだろう？　色々なことを言われましたわ」

信じていたものに、守ろうとしていたものに、裏切り者扱いされるなんて……その時の天族の絶望と失望は、どれくらいだろう？　想像することもできない。したくもない。

それが、イリスが人間を見限った理由？

人間を憎むようになった理由？

いや……まだ、なにかがあるような気がした。今の話だけで、ここまでの強い憎悪を持つことはできないはずだ。

だとしたら、これ以上なにが……？

「色々なことを言われましたが……それでも、わたくし達は愚直なまでに人間の守護者であろうとしましたわ。それ以外の道を知らない、ということもありますが……いつか、想いは届くと信じていたところがあります。通じ合えることを願い、信じて、できることをしていきましたわ」

「……その結果を聞いてもいいか？」

「はい」

イリスの顔から表情が消える。

なんの感情も映さない顔で、小さく、一言だけつぶやく。


「裏切られましたわ」


それは、どういう意味なのか？　昔の人は、いったいどんなことをやらかしたのか？

聞くのが怖い。

人の罪と向き合うのが怖い。

でも、ここで逃げたら、二度とイリスと向き合うことはできない。

俺は覚悟を決めて、話の続きをする。

「何があったのか、教えてくれないか？」

「……当時、わたくし達天族だけではなくて、人間も滅びの危機に瀕《ひん》していました。長年続いた魔王との戦いで全てが荒廃していましたから……故に、何か手を打つ必要がありました。当時の人間達は考えました。この荒れ果てた世界を生きるには、人間の体は脆弱《ぜいじゃく》すぎる……ならば、どうすればいいか？　人間達は、どのような答えを導き出したと思います？」

とてつもなくイヤな予感がした。

「答えは、とても簡単なものですわ。力がないのならば、力ある者から奪えばいい。ねえ……とてもシンプルな答えでしょう？」

「まさか……」

「人間達は言いました。今までひどいことを言ってすまなかった。自分達が間違っていた。せめてものお詫《わ》びとして、あなた達をもてなしたい。来てくれないだろうか？」

「……」

「その言葉に、わたくし達は喜びました。ようやく想いが通じた……そう勘違いしたのです。そして、わたくし達は招かれるまま、人間の街に赴いて……そのまま拘束されました」

無表情だったイリスの顔に、憎悪の色が点いた。

それ以外の感情は見当たらなくて、ただただ強い憎しみを抱いている。

ギリギリと、血が出てしまいそうなほどに拳を強く握りしめている。

「人間に捕らえられたわたくし達は……まあ、ここは省きましょう。聞く側も話す側も気分のいいものではないので。ともかくも……わたくし達は人間に捕らえられて、実験体にされました。天族の力の源はなんなのか？　天族の力を人間が得ることはできないか？　天族の力を利用することはできないか？　そのような目的のために、色々な実験を受けて……一人、また一人と、わたくしの仲間は死んでいきました」

イリスに、どんな言葉をかければいいのだろう？

人間である俺は、なんて顔をすればいいのだろう？

考えるけれど……ダメだ。

なにも言葉が見つからないし、どうすればいいかまったくわからない。

「わたくし達が愚かだったのかもしれません。ただ相手を甘やかすのみで、真に対等な関係になろうとしなかった。愚直に前へ進むことしかせず、それで、いつかわかりあえると妄信していた。愚かと言われても仕方ないですわ……ですが。ですが！」

当時のことを思い出しているのか、イリスの口調が荒くなる。

握った拳を震わせて、唇を噛んで、怒りを露わにしている。

その顔に浮かぶ感情は、ひたすらに黒く、熱く、鋭い。

「あのような裏切りを受けないといけないなんて……そのような残酷な運命はありますか⁉　わたくし達が愚かだったとしても、何もしていないのです。何も間違ったことはしていないのです。それなのに、仲間はみんなひどい扱いを受けて、全て殺されてしまいました。許せるわけがありませんわ」

「……イリス……」

「……運良く逃げ出すことができたわたくしは、ようやく目を覚ますことができました。人間の守護者？　天族の使命は人間を守ること？　そのようなことは全てまやかしですわ。天族の最後の一人であるわたくしの使命は……家族や仲間の仇《かたき》を討つこと。人間を殺して殺して殺して……この命ある限り、殺し尽くすことですわ」

「……今を生きる人は、過去と関係ないのに？」

「ええ、関係なくても殺しますわ。わたくしは、もう、人間という種族そのものを嫌悪して憎悪して敵視しているのですから。あのようなことをされて……過去は過去と、割り切ることができますか？　わたくし、あいにくと子供なので、そのようなことはできません」

「そう、だな……割り切ることができるなら、苦労はしないよな」

「ふふっ、わかってもらえてうれしいですわ」

イリスが人を憎む理由をようやく理解した。

こんなの憎んで当たり前だ。憎まないでいる方が難しいというか……これでもなにも思わなかったりしたら、そちらの方が問題だ。

そして俺は、イリスに共感してしまう。俺も家族を失ったことがある。父さんも母さんも友達も……全てを失ったことがある。

正直なところ……あの時、復讐《ふくしゅう》を考えたことはある。あの後は生きることに必死で、結局、実行に移すことはなかったけれど……もしも余裕があったら復讐を考えていただろう。

それだけじゃない。

もしも、みんなが失われたとしたら？

カナデ、タニア、ソラ、ルナ、ニーナ、ティナ……みんなが理不尽に殺されたとしたら？

冷静でいることなんてできない、絶対に復讐を考えると思う。

だから……俺は、イリスの思いに共感してしまった。同情してしまった。

「ふふっ……失礼。少し取り乱してしまいましたわ」

全てを語り終えたイリスは、いつもの笑みを浮かべる。

でも、俺は知ることになった。

その笑みの向こうに、途方もない絶望と憎悪が隠されていることを。

決して癒やすことのできない悲しみが隠されていることを。

「これが、わたくしが語ることができる全てですわ。ああ、付け加えるならば……解放されたわたくしは、その後、復讐のために力を身に着けて、人間を殺して回っているうちに悪魔と呼ばれて……その後、封印されてしまいました。それで、今に繋《つな》がる、というわけですわ」

「……ありがとう。話しづらいことを話してくれて」

「いえいえ。レインさまの頼みですから。まあ、わたくしと和解することなんて不可能、と思い知っていただくためでもありますが」

「それは……」

「さて……一つ、お聞きしたいのですが、よろしいですか？」

イリスがこちらを見た。

じっと、瞳を覗き込むように、顔を合わせてくる。

「わたくしの話を聞いて……わたくしのことを知り……その上で、レインさまはどうされるおつもりですか？」

「それは……」

これからのことを考えて、言葉に迷う。

イリスと戦う？

イリスの境遇に同情はするし共感もするのだけど、その憎悪に今を生きる人は関係ない。天族に対する愚行は過去の人がしたことだ。

それなのに人間をターゲットにするなんて……それは復讐ではなくて、単なる八つ当たりだ。

そんなことを見逃してもいいのだろうか？

イリスを止めなくていいのだろうか？

戦うべきなのか？

あるいは……

イリスに協力をする？

過去の出来事とはいえ、それで人の罪が全て消えるわけじゃない。人には、歴史という今まで積み重ねられてきたものがある。

俺達人が、天族を実験台にすることで力を得て、生き延びることができたというのならば、それは人そのものに刻まれた『罪』だ。

決して拭うことはできない。

そんな人を粛清するイリスは、ある意味で、正しいのかもしれない。

だから、イリスに協力することも間違ってはいないのかもしれない。

「俺は……」

どうする？

どうすればいい？

どの道が正しい？

「……」

考える。

考える。

考える。

俺にとって正しいことは？

イリスにとって正しいことは？

……いや、そうじゃない。

正しいとか間違っているとか、そういうことに囚われていたら、この問題の答えを出すことはできない。

天族は、自分達が正しいと信じる道を進んで裏切られた。人は間違ったことをして天族を裏切った。

同じ尺度で物事を考えたら、同じ失敗をしてしまうかもしれない。

だから、俺が考えるべきことは……俺がどうしたいか、だ。

俺自身の心と向き合い、その答えを得ることだ。

「レインさまの答えを聞かせてくれませんか？」

「俺は……」

答えはまだ見つからない。

その間に、イリスはたたみかけるように言葉を投げかけてくる。

「このようなこと、許せると思いますか？」

「……思わない」

「わたくしの復讐は間違っていると思いますか？」

「……思わない」

「なら、わたくしの邪魔をしないでくれませんか？」

「それは……」

返す言葉がない。

そんな俺の反応を見たイリスは、小さく笑う。

「安心してください。わたくしがレインさまを気に入っているという話、あれは嘘《うそ》偽りのない本心ですわ。なので、レインさまに手を出すことはいたしません。もちろん、レインさまの仲間に手を出すつもりもありませんわ。レインさまの仲間は、人間ではなくて最強種ですからね。同胞に手を出すようなことはいたしません。お一人、幽霊という奇特な方がいらっしゃいますが……まあ、それも例外として見逃しましょう」

「……」

「どうですか？　悪い話ではないと思いませんか？」

そうかもしれない。かなり心が揺れ動いている。

だけど……

「……イリスは、いつまで復讐を続けるんだ？」

「ふふっ、決まっていますわ」

イリスは笑いながら言う。

「死ぬまで、ですわ」

それが当然であるように。

当たり前のことであるように。

世の真理であるように。

イリスは迷うことなく言い切った。

その答えを聞いて、俺の中である決意が固まる。

そうか……この思い、この気持ちこそが、俺が真に望むことなのか。

ようやく、答えを見つけることができた。

「俺は……」

「はい、レインさまは？」

「……イリスの言葉を受け入れることはできない」

「……あら」

イリスの瞳に妖しい光が灯る。

鋭く、熱く、ともすれば俺を睨《にら》みつけているかのようだ。

「わたくしの申し出を受け入れてくださらない、と？　あくまでもわたくしと戦う、と？　殺し合いを望んでいる、と？」

「いや、それも違う」

「え？」

不思議そうに、イリスがきょとんとした。

「イリスを放っておくことはできない。でも、殺し合いをするつもりはない」

「それは……どういう意味ですの？」

「俺は、イリスを止めてみせる。殺すことなく止めてみせる」

「わたくしは、戦うことを止めませんわよ？　レインさまは、いちいちわたくしの前に現れて、邪魔をするつもりなのですか？」

「それについては、ノーコメントだ。とにかく……イリスを殺さないで止める、それが俺の決意であり、意思表明だ」

「やれやれ……」

イリスが失望するような顔を作る。

そして、これみよがしにため息をこぼす。

「呆《あき》れましたわ……レインさまは、現実が見えていないのですか？」

「見えているさ」

「いいえ、見えていませんわ。まだ、わたくしとの和解を望んでいるのでしょう？」

「ある意味では、そうなるかな」

「はぁ……わたくしの話をちゃんと聞いていたのですか？　聞いていれば、和解が不可能ということくらいわかりますよね？」

「そうだな、果てしなく難しいかもしれない」

「なら……」

「それでも」

イリスの言葉を遮り、強い口調で言う。

俺の決意を伝えるように。

俺の想いを伝えるように。

しっかりとイリスの目を見て、想いを……言葉を紡ぐ。

「俺は諦めない」

「……」

「俺には復讐を止める権利なんてない。むしろ、イリスの復讐は正当なものだって思えてしまう」

「それならば……」

「それでも、ダメなんだ」

「なにがダメなのでしょうか？　わたくしにもわかるように、教えてもらえませんか？」

「だって……イリスは死ぬつもりだろう？」

「……」

返事はない。

つまり、そういうことだ。

「イリスは復讐のことだけを考えて、生きることを考えていない。復讐を果たすことができれば、他のことは……自分の命さえどうでもいいって、そう思っているんだろう？　違うか？」

「……否定はしませんわ」

「そんなことを知ったら、放っておけるわけないじゃないか」

「レインさま、あなたという人は……」

「ただ単に復讐をするだけのつもりなら、あるいは止めなかったかもしれない。でも、復讐の果てに死ぬつもりでいるなら……止めるよ。どんなことをしてでも止める。だって、イリスに死んでほしくないから」

これが、俺が真に望むことだ。

イリスの復讐を肯定するわけでも否定するわけでもない。それ以前の問題で、イリスに生きてほしいから対立するという……そんな結論だ。

こんなものは、俺のわがままに過ぎなくて、押しつけがましい想いに他ならない。

それでも。

俺は、このわがままを押し通してみせる。

イリスの復讐が正しいかどうか、それは難しい問題で、一言で片付けることはできない。

だけど、このままイリスが死んでしまうことは、それだけは絶対に間違っていると思うから……

だから全力で抵抗させてもらう。

「レインさまには、わたくしの生き方に干渉する権利があるのですか？」

「ないよ」

「なら、口を出さないでくれませんか？」

「イヤだ。俺はわがままなんだ」

「……」

イリスはぽかんとして、

「ふっ、ふふふ」

楽しそうに笑った。

「本当におもしろい方……ふふふっ、そんなひたすらにまっすぐなところが、わたくしは気に入ったのかもしれませんわね」

「イリスが俺のためを思って言ってくれていることは、本当なんだろうな。それはうれしく思うよ。それでも、俺は……イリスを止めると決めた」

「……わかりましたわ」

イリスが俺から離れた。

立ち上がり、背を向ける。

「残念ですが……わたくし達は、戦わないといけないみたいですね」

「そうだな。でも、何度も言うけど、殺し合いをするつもりはない」

「あら。甘いですわね。わたくしは手加減はしませんわよ？」

「そうだろうな。でも、俺はイリスを殺さない」

それは俺の決意表明だった。

そういった言葉が、少しでもイリスの心に響くと信じて、できる限りの言葉を投げかける。

「ふふふっ……わたくしを止められると思っているのですか？　殺し合いをすることなく、生きて止めることができると？」

「難しいだろうな……それでも、やってみせるさ」

「頑固な方。ですが……それこそが、レインさまらしいのかもしれませんわね」

イリスが振り返る。

そのまま、数秒、こちらをじっと見つめて……それから、スカートを指先でつまみ、優雅に一礼をしてみせる。

「楽しみにしていますわ」

イリスは笑い……そして、夜に溶けるように消えた。

◆

「ふう」

夜風がひんやりとする。

やけに冷たいと感じると思ったら、知らない間に汗をかいていたらしい。やっぱり、あんなことがあった後で、イリスと一対一で話すのは緊張するな。

でも、収穫はあった。

今までは、イリスのことを知らず、己の気持ちが定まっていないところがあった。どこかで迷いを覚えていた。

でも、もう迷わない。

己の進む道を信じて突き進もう。

「とはいえ、みんなが納得してくれるかどうか」

「みんな、って誰のことかしら?」

「それはもちろん……」

たらりと、冷や汗が流れた。

今までとは別の意味で緊張する。

「その声……タニア？」

「にゃー……私もいるよ」

「ソラもいます」

「我もいるぞ！」

「わたし……も、いるよ？」

「ウチもおるでー」

みんな、勢揃《せいぞろ》いだった。

夜だから問題なく外出できるらしく、ティナはその辺りをふわふわと浮いている。

「どうして……」

「あたしらを相手に、こっそりと抜け出すことなんてできると思う？」

「……できないな」

ソラやルナ、ニーナ辺りはごまかせるかもしれないが、カナデとタニアを相手に『こっそり』なんていうのは無理だろう。二人共、鋭い勘を持つだけじゃなくて、気配探知能力がずばぬけている。

「ましてや、覚えのあるとんでもない気配がするんだもの。気づかない方がおかしい、っていうものよ」

とんでもない気配というのは、イリスのことだろう。

「そんなに丸わかりだったか？」

「巧妙に隠されていたから、常人は気づかないレベルだったけどね。でも、あたしらレベルになると別よ。すぐにわかるわ」

「ちょっとわかりにくかったけどね。でもでも、一度意識したら、簡単に気づくことができたよ。尻尾がビリビリーってなって、ずっと緊張しっぱなしだったよ」

どこか怒っている様子でカナデが言う。

なんで怒っているのかは……まあ、考えるまでもないよな。勝手にイリスと会っていたことで、心配をかけてしまったらしい。

「レイン、レイン。大丈夫？　なにかされなかった？　腕、ついてる？」

「サラッと怖い心配をしないでくれ……腕はついてるし、どこも怪我はしてないよ」

「にゃふぅ、よかったぁ」

「で……あの天族といったいなにをしてたわけ？」

問い詰めるような感じで、タニアがジト目を向けてきた。

そのタイミングで、他のみんなもジト目を向けてくる。

これは……ごまかせそうにないな。

というか、ごまかしたくはない。みんなに対して無用な隠し事はしたくないし……俺一人の問題でもないから、情報は共有しておかないと。

「実は……」

俺はありのまま、正直に全てを話した。

「そう、なんだ」

俺の話を聞いて……イリスの過去を知ったカナデは、なんともいえない顔をした。

他のみんなも同じで、イリスに対する同情が見てとれる。

「でも、あたしは、イリスが正しいなんて思わないわ」

ややあって、タニアが迷いを断ち切るように、きっぱりと言った。

対するニーナは、悲しそうな顔をする。

「タニア、は……かわいそうだと、思わないの……?」

「……思うわよ。他人事なんだけど……自分のことみたいに、腹が立っているところもあるわ」

「それ、なら……」

「でも、イリスがやっていることは間違っているわ。正しい、なんていうことは絶対にない。当時の人達を殺すならともかく、今の人はなにも関係ないじゃない」

タニアは苦々しい顔をしつつも、しかし、きっぱりと断言した。

その言葉はよくわかる。

それでも、そういう正論はもうイリスの心には響かないだろう。

「確かに、今の時代の人に関係ないかもしれない。だけど……もう、そういう理屈が通じないと思うんだよな」

ニーナがもどかしそうに、悲しそうに言う。

イリスのことを自分のことのように感じているのだろう。とても優しい子だ。

そんなニーナの頭を撫でながら、俺なりに考えたイリスの心を語る。

「イリスにとって、過去も今も関係ないんだ。人間のことをひとくくりにして、仲間を……家族を奪った相手として憎んでいる」

「イリスに酷いことをした人は……もう、いないのに……？」

「それでも、止まらないんだよ。止められないんだよ」

「なん、で……？」

「言葉じゃ説明できないな……心って、理屈じゃ割り切れないことが多いから」

「ん……そう、なのかも」

ニーナなりに納得したらしく、悲しい顔をしたままだけど、それ以上の問いかけはない。

「にゃー……これから、どうすればいいのかな？」

「戦えなくなった？」

タニアの問いかけに、カナデが難しい顔を作る。

「……ちょっと戦いづらいかな、とは思うよ。今までみたいにはうまくいかないかも」

「まあ、気持ちはわかるけど……でも、覚悟を決めておいた方がいいわよ」

「にゃんで？」

「だって、討伐隊が来るんでしょう？　一度戦っているし、そんな過去がある以上、和解の道も閉ざされたと思うわ。なら後は……」

「……戦うしかない、か」

その時のことを考えたらしく、カナデは複雑な表情を浮かべた。

むううう、と悩ましげな声をこぼした後、こちらを見る。

「にゃー……それで、レインはどうするの？　イリスと戦うの？　たぶん、私達も応援に駆り出されるよね？」

「あっ、それは我も気になるぞ！　レインはどうするつもりなのだ？」

「もしかして……イリスさんの過去を知り、戦うことができなくなった……ということに？」

ルナとソラも問いかけてきた。

「戦うけど、戦わない」

「にゃん？」

カナデが小首を傾げた。

ルナも同じように小首を傾げる。

「なんだ、その禅問答みたいな答えは？　我はちんぷんかんぷんだぞ」

「しっ、ルナは黙ってなさい」

「むがっ、むううう！」

ソラがルナの口をふさぐ。双子の姉妹は、いつでもどんな時でも変わらない。

こんな時になんだけど、そんな二人の態度に癒やされる。

「レイン、どういうこと？」

「ルナやないけど、レインの旦那の言いたいこと、よくわからんなー」

タニアとティナが揃《そろ》って不思議そうな顔をした。

「そのことなんだけど……」

今から、俺が考えていることというか、決意を話すわけだけど……みんなは賛成してくれるだろうか？　納得してくれるだろうか？

少しばかり不安になってしまう。

でも、隠し事はなしだ。きちんと説明をして……そして、できれば賛成してもらいたい。納得してもらいたい。

その上で、一致団結して、イリスを止めたい。

俺達は仲間だから、そうすることができれば、と思う。

「俺はイリスを止める。でも、戦って倒すとか、そういうことをするつもりはないんだ」

「じゃあ、どうするん？　説得するん？」

「それは難しくない？　あたしも話を聞いてたからわかるけど、イリスを説得するなんてこと……絶対無理よ」

「タニア、そのようなことを言うなんて……」

「我が姉よ。時に、残酷な現実だろうと、それと向き合わねばならぬのだ。ごまかしていても仕方ないだろう？」

「それは、そうですが……」

「レイン……どう、するの？」

ニーナの問いかけで、みんなの視線が俺に集中する。

一応、考えはある。

「イリスを……封印する」

「封印？」

カナデが小首を傾げた。続けて、みんなも不思議そうな顔になる。

「討伐なんてしたくない。でも、放っておくこともできない。だから、封印だ」

「にゃるほど……だから、戦うけど戦わない、か」

「でも、ぶっちゃけ倒しちゃった方が早くない？　大変だろうけど、その方が遺恨は残らないだろうし」

「そういうのはイヤなんだ。俺は、イリスを倒したいわけじゃなくて、助けたいんだ。だって、このままだと……きっと、イリスは死んでしまうから」

「どうして、そんな結論になるのよ？」

タニアは納得していないみたいだ。助ける価値があるのか？　と問いかけているかのよう。

俺は、イリスとの会話を思い返しながら、その時の感情をもう一度胸に抱きながら、静かに答える。

「イリスからは、生きる意思っていうものをまるで感じなかった。死に場所を求めているようだった。きっと、イリスは復讐をして、どこまでも憎しみをぶちまけて……それで、死ぬつもりなんだと思う。そして最後に、仲間のところへ行くつもりなんだと思う」

「……にゃあ……」

その光景を想像したのか、カナデの耳がぺたんと沈む。

「でも俺は、イリスが死ぬなんてイヤだ。イリスが死んで当然なんて思えない。ずっとひどい目に遭ってきて、温かさに触れることなく消えてしまうなんて、そんなの納得できるわけないじゃないか。ただの同情かもしれない。俺のエゴかもしれない。それでも……俺は、イリスに死んでほしくない」

「……レイン……」

「ただ、みんなが言うように説得は、ほぼほぼ不可能だろう。だから、封印という手を使いたい。俺はイリスの復讐を止める。イリスを生かすために復讐を止める。それが俺の出した結論だ」

みんな、黙って俺の話を聞いていた。

俺の次の言葉を待っている。

「俺は討伐隊が来ても協力しない。こちらも難しい道かもしれないけど、封印の方法を探すつもりだ。そうして、イリスを止めるつもりだ。でも、これは俺のわがままだ。でも……できれば、みんなにも……」

「いいよ」

カナデが俺の言葉を遮り、優しく笑う。

「えっと……まだ、最後まで言ってないんだけど」

「私達にも手伝って欲しい、っていう話だよね？　うん！　私なら問題ないよ。レインのためにがんばるっ。ううん……イリスのためにもがんばるっ」

カナデが拳をぐるぐると回して、ガッツポーズを見せた。

やる気たっぷり気合十分、という感じだろうか？

「あたしも異論はないわ。まあ、ホントは色々と言いたいことはあるけど……ご主人様がそう言うのなら、仕方ないものね。黙って従ってあげる。それに……ああは言ったけど、イリスを倒して終わり、っていうのは寝覚めが悪そうだもの」

「ソラも問題ありません。今の話を聞いて見捨ててしまうほど、ソラは薄情ではないので」

「我もレインに賛成なのだ！　イリスのちょっとしたお茶目くらい、見逃してもよいではないか。我は寛大な心を持っているからな、ふははははっ」

「わたし、も……なんとか、したい。イリス、助けるよ。がん、ばる……！」

「ウチもレインの旦那に従うでー。って、言い方が悪いか。ウチも封印する方に一票や。討伐なんてしたら後味悪すぎるやろ」

「……ありがとう、みんな」

〜 Iris Side 〜

とある遺跡の中にイリスの姿があった。

彼女の姿に反応して、照明が点灯する。

さらに壁面のところどころに穴が開いている。そこから採光する形となっていて、内部はそれなりの光量が保たれていた。

そのまま奥へ進み、窓のある小部屋に到着する。家具らしきものがあるが、経年劣化のためボロボロで、ほとんどが原形を保っていない。

それを見たイリスは、どこか懐かしそうに微笑む。

「懐かしいですわね……数百年前と変わっていませんわ」

そっと、イリスはボロボロの家具の表面を撫でた。埃《ほこり》が手の平について汚れてしまうが、そんなものは関係ないというように、優しく穏やかな顔をしている。

そんな反応を見せるのは当たり前。

ここは、天族が使用していた遺跡。言わば、彼女の家。

たくさんの思い出が詰まった場所であり、そこにいるだけで温かい気持ちになることができる。

ただ、同時に憎しみが湧き上がる。

昔を思い出して、家族のことを思い出して、そして、人間に裏切られたことを思い出して……胸の内で暗い炎が燃え上がる。

「とはいえ……少しの間は、動くことはできませんわね」

ベッドらしきものの上に座り、体を休める。

「っ」

くらりと目眩《めまい》がした。

耐えることができず、イリスはそのまま体を仰向けにする。

胸元を上下に大きく動かして、荒い吐息をこぼす。自然と汗が滲《にじ》み出してくる。

「なんというか、まあ……わたくしをここまで追いつめてしまうなんて。レインさまは……本当に、とんでもない方ですわね」

夜、レインと話をした時は、なんてことのないフリをしていたものの……実際はかなりのダメージが残っていて、立っているのがやっとだった。

涼しい顔をして話をしていたのは、ただの意地だ。

レインに弱っているところを見せたくないというもので、やせ我慢をしていただけ。

「まあ……わたくしはまだまだ余力を残していますわ、という牽制《けんせい》でもあったのですが」

できることならば、レインとの対立は避けたかった。あれほどの力を持ち……なおかつ、複数の最強種を仲間にしている。次は無事でいられるかどうか。

しかし、最悪、再び戦うことは覚悟していた。

そのための牽制であり、ハッタリだ。

あの場で、そのまま戦闘に移行されていたら、正直、かなり危ないところではあったが……ハッタリが利いたのか、それは避けられた。

「それにしても……」

しばらく横になることで、少し落ち着くことができた。

そうして余裕が生まれたことで、思考が色々な方向に流れて……そして、ぽんっ、とレインのことが思い浮かぶ。

「まさか、レインさまがあのようなことをおっしゃるなんて……正直なところ、まったくの予想外ですわね」

対立することは予想していた。

あるいは、低い可能性ではあるが、味方になってくれるかもしれないという期待もあった。

しかし、対立しながらも自分のことを気遣われるという選択肢は、まるで予想していなかった。

「わたくしを生かすために敵対する……まさか、そのようなことをおっしゃるなんて、さすがにこれは予想外ですわ。これは……どのように受け止めればいいのでしょうか？」

イリスは困惑する。

このようなことを言われたのは初めてだ。

レインは他の人間と違うと考えていたが、まだ理解が足りなかったのかもしれない。

過去の人間と比べると、ぜんぜん違う。もしかして人間ではなくて、まったく別の種族では？

そんなことをついつい考えてしまうほどだ。

「本当におもしろい方」

イリスはくすくすと笑う。その顔は姿相応の女の子で、とても無邪気なものだった。

しかし、その表情は長くは続かない。

冷たく、鋭利なものに変わる。

「できることならば、レインさまと敵対したくありませんでしたが……こうなってしまった以上、仕方ありませんわね」

イリスは仰向けになりながら、そっと、自分の胸元に手をやる。

その奥に隠されているものは、憎しみだ。人間に対する果てしない怒りだ。

家族を奪われた怒り。仲間を殺された苦しみ。裏切られた悲しみ。

それらが一つになり、混沌《こんとん》とした感情と化して……最後に、途方のない憎しみとなる。

「わたくしは、絶対に止まるわけにはいかないのです」

仲間の仇を討つこと。

人間を殺すこと。

それこそがイリスの使命であり、生きる原動力であり、全てなのだ。

それを奪われるわけにはいかない。もしも、奪われるようなことがあれば、その時は、イリスは空っぽになってしまうだろう。なにも残らないだろう。

それはもう、生きているとは言えない。屍《しかばね》も同然だ。

だから、イリスは改めて決意をする。

迷うことはない。

必ず復讐を成し遂げてみせると、強い強い憎悪を胸に抱く。

「わたくしは、人間に全てを奪われた……だから、今度はわたくしが奪う番。人間を殺して殺して殺して……逆に、全てを奪ってみせましょう」

それは誓いの言葉であり、己の魂を定める言葉。

復讐を望むイリスは、その源となる憎悪が宿る心……胸元の辺りをぎゅうっと手の平で摑《つか》み、そっと目を閉じた。

そして夢を見るが……それが、どんな夢なのか。

それは、誰にもわからない。

◆

翌日。

事前の情報通り、討伐隊がジスの村に到着した。

冒険者と騎士団の混成部隊で、その数は百人以上。

そんな人数が小さな村に収まるはずもなくて、討伐隊は村の外の広場に野営地を設立する。あちらこちらにテントが並び、多くの人が行き交う。

様子を見に来たのだけど、思っていた以上の規模だ。

「にゃー……すごいたくさんだね」

討伐隊の野営地を見たカナデが、そんな感想をこぼす。その数、規模に驚いているみたいで、目を丸くしていた。

その気持ちはわからないでもない。これだけの冒険者、騎士が一堂に集まる機会なんて、普通はない。

今回の事件を、上がどれだけ重く見ているのか。どれだけ本気なのか。

そのことがよくわかる光景だ。

「おっ、いたいた」

振り返ると、アクスとセルの姿が。

「討伐隊のトップ連中が、これから会議を開くみたい。そこで私達にも出席してほしい、って」

「俺達は調査班なのに？」

「悪魔と直接やりあったのは私達だけだから、その意見が欲しいみたい」

「それと今後の方針が大きく変わるかもしれねえから、色々と話をしておきたい、とも言ってたな」

「付け足すならば、私達の戦力も当てにしているのだと思うわ」

「そうか……わかった。すぐに行くよ。カナデはみんなのところに戻っていてくれるか？」

「あ、カナデさんもついてきてくれる？」

引き返そうとするカナデを、セルがそう言って引き止めた。

「にゃん？　私も？」

「たぶん、最強種であるあなたの意見も聞きたいんだと思うわ。これから戦う相手についての情報は、少しでも多い方がいいでしょうし、カナデさんの意見なら、きっとものすごく役に立つと思うから」

「にゃあ……私達は戦うつもりはないんだけどなあ」

「今、なにか？」

「ううん、なんでもないよ。りょーかい！」

「それじゃあ、ちょっと待ってくれるか？　宿で待っているみんなに、会議に出ることを伝えてくるから」

「ええ。悪いのだけど、急いでね」

アクスとセルと別れて、カナデと一緒に宿に向かう。

「レイン、レイン」

「うん？」

「やっぱり、私達も討伐隊に組み込まれるのかなあ？」

「その可能性は高いな」

「どうするの？」

「抗ってみせるさ」

俺はイリスと戦うのではなくて、生かす。

そう決めたのだから。

宿に戻り、みんなに伝言を伝えた後、俺とカナデは会議が行われるという、討伐隊が設置した大型のテントへ移動した。

　中に入ると、すでにアクスとセルの姿が。

　その他には、冒険者と騎士達。そして……

「おおっ、レインではないか。久しいな」

「あれ？　ステラじゃないか」

　ホライズンの騎士団支部長になったはずのステラが、なぜかここにいた。

「どうしてここに？」

「応援要請を受けてな。本来なら、もっと他に適任者がいるはずなのだが……なぜか、騎士をまとめる役を任されてしまったのだ」

「ステラなら問題ないだろう。能力、実績、共に申し分ないさ」

「くすぐったいことを言わないでくれ。私なんて、まだまだ未熟だ」

　共に笑みを浮かべながら、再会の握手を交わす。

　ただ、すぐにその笑みは消えてしまい、険しい表情に。

「しかし、緊急依頼でレイン達が街を出たことは知っていたが、このようなところで再会するなんて……世界は広いようで狭いな」

「まったくだな」

「さて……すまないが、すぐに会議を始める。少し付き合ってもらえるか？」

「わかった」

俺とカナデは、案内された席に座る。

そして、ほどなくして会議が始まった。


まず最初に、悪魔……イリスについての情報が共有されることになった。

俺やカナデ、アクスやセルなどが証言をして、イリスの能力について話をする。

一切の制限がなく、ほぼほぼ無限に使用することができる召喚魔法。その威力は、一撃一撃が上級魔法以上。魔物の群れを呼び出すことも可能。

さらに、並行世界からもう一人の自分を呼び出すことも可能。

そしてカナデが、イリスの身体能力は自分に匹敵するということを話す。

そのとてつもない能力を耳にして、テント内がざわついた。いくらかの冒険者や騎士は、そんなことはありえない、と噛み付いてきた。

ただ、アクスとセルはAランクの冒険者だ。そして俺は、自分で言うのもなんだけど、『ホライズンの英雄』と呼ばれている。

そんな俺達がつまらない嘘をつくわけがないだろうと、ステラが皆を黙らせた。

噛み付いてきた冒険者や騎士達も、ただ動揺しただけなのだろう。すぐに納得してくれて、落ち着いてくれた。

俺としては、討伐隊にイリスの情報を渡すか迷ったものの……戦闘になれば、彼女は容赦しないだろう。こちらが情報を渡さないことで、大きな被害が出るかもしれない。

そう考えたら、情報を渡さないわけにはいかず、素直に話すことにした。

会議が始まり、一時間ほどが経過した。

今後の方針を話し合うことになり、より一層、緊張感が増す。

「さて、これからについてだが……まずは、上の決定を伝えよう。調査班、及び探査班はその活動を停止。我ら討伐隊に参加してほしい」

「ん？　そりゃ、どういうことだ？」

突然といえば突然の話に、アクスは不思議そうな顔に。

ステラはその質問を想定していたらしく、スラスラと答える。

「悪魔の力は強大で、放置しておくことはできない。仮に封印に成功したとしても、いつかまた破られてしまうという恐れがある。後世に遺恨を残さないために、今ここで討つべきという結論が出たのだ」

「なるほどな……まあ、わからないでもない話だな」

やっぱり、そうなるか。

あらかじめ予想はしていたけれど、俺にとって望ましくない展開になりそうだ。

「すまない。質問をいいか？」

「ああ、構わない」

「仮に封印に成功したとしても、という台詞があったが……封印方法は見つかったのか？」

「いや、その報告は聞いていないな。かなり昔のことらしく、まるで記録が残っていない。魔法が使用されたであろう、という推測は立てられたが、それくらいだ」

「そうか……わかった。遮ってすまない、話を続けてくれ」

ここで封印方法が判明していればよかったのだけど、そこまで都合の良い展開はないか。

残念に思いつつ、ステラの話に耳を傾ける。

「全ての隊を合流させて、こちらの最大戦力をもって悪魔を撃破する。基本的な方針は、こんなところになるだろう。連携については、これから話し合い、詰めていく」

「んなことしていいのか？　戦力を一ヵ所に集中させたら、他の守りが手薄になるだろ？」

「アクスがまともな意見を……あなた、ニセモノなのかしら？」

「なんでだよ⁉」

アクスとセルが漫才を披露していた。

そんな二人の姿に、ステラが苦笑しながら答える。

「それはわかっているつもりだ」

「なら、どうして？」

「戦力を分散させれば、その分、悪魔を撃破できる可能性が低くなる。というか、最大戦力で挑まなければ蹴散らされてしまうだろう。それほどの相手だ。確かに、他の守りが手薄になってしまうが……そこは、どうにかしてカバーするしかない。最低限の見張り、索敵要員だけを残して、本隊はここで待機。悪魔を発見したら早急に駆けつけて、決戦に持ち込む……というのがベストだな」

「それは、またなんつーか……」

「行き当たりばったりで、作戦になっていないわね」

「二人の言いたいことはよく理解しているつもりだ。しかし、下手に戦力を割いても各個撃破されるのがオチだ。レイン達の話を聞いて、悪魔の力を知り、なおさらそう思うようになった。これ以外に方法はないだろう」

「まあ、それもそうか。俺も悪魔の戦いっぷりを間近で見たからわかるが、ありゃ、本物の化け物だ。下手に温存策なんて考えたらダメだな」

「リスクはあるけど、確かにそれ以外に方法はなさそうね……わかった、理解したわ」

アクスとセルは思うところはあるみたいだけど、一応、納得はしてみせた。

ステラがこちらを見る。

そちらは問題ないか？　と、その目が問いかけてくる。

それに対して、俺は……

「……すまない」

「え？」

「悪いが、俺達は一緒に行動することはできない」

俺はハッキリと自分の意思を伝えた。

「……それは、どういう意味なのだ？」

最初は驚いていたステラだけど、すぐに我を取り戻して、強い視線をこちらに向ける。問い質すような、とても厳しいものだ。

それもまあ、当然だ。

この場でそんなことを口にすれば、臆病風に吹かれたか、あるいは、冒険者ギルドに対する不信感があると告げているようなもの。ステラの態度は当たり前だ。

それにしても……あのステラに、こんな目を向けられるなんて、思ってもいなかったな。若干、心が痛む。

それでも、俺は俺の意思を伝える。

いや。

この場合は、俺達の意思……か。

「俺達は、イリスを討伐するつもりはない」

「では、どうすると？」

「イリスを封印する」

こちらの意志、目的をハッキリと示すように、力強く言い切った。

「……封印という選択肢は消えた、と言ったと思うが？」

「わかっている」

「封印の方法は判明していないし……それに、封印をしても再び復活するかもしれない。問題の先延ばしにすぎない。そのことは、レインならばわかるだろう？」

「わかるが、わからない」

「む？」

「殺すだけが解決方法なんて……そんなこと、俺は納得できない」

イリスの過去を知らないステラに納得してもらうことは難しいだろう。

いや……たとえ、イリスの過去を知っていたとしても、納得してもらえないかもしれない。

俺がしようとしていることは、大勢を危険に晒《さら》すことで、ステラの思想には反するものだろう。

だから最悪、ステラを敵に回してしまうかもしれない。

それでも俺は、自分が正しいと思う道を進むと決めたんだ。

「レイン」

隣のカナデが、そっと俺の手を握る。

俺のやることは間違っていない、応援しているよ。

そんな言葉をもらったみたいで、胸が温かくなる。

「……わかった」

しばらくの沈黙の後、ステラは小さく頷く。

その顔は……仕方ないな、という感じで笑っていた。

「なら、レインは好きに行動してほしい。上には、私から取り計らっておこう」

すんなりと許可されるとは思っていなくて、ついつい拍子抜けしてしまう。

「えっと……いいのか？　自分で言うのもなんだけど、俺、けっこう無茶なことを言っていると思うんだけど」

俺達のパーティーは、複数の最強種が揃っている。戦力として見るならば、たぶん、上位に食い込むだろう。

自分で言うのもなんだけど、俺達が抜けるとなればかなりの戦力ダウンだ。

普通に考えて、許可されるわけがないと思っていたのだけど……

「本当に討伐には協力しないぞ?」

「なに、構わないさ。確かに、レイン達が協力してくれないのは痛いが……こちらも、それなりの戦力を集めたつもりだ。なんとかなるだろう。それに……」

ステラが微笑みつつ、静かに言う。

「なにかしら、事情があるのだろう?」

「それは……」

「でなければ、レインがそんなことを言うわけがないからな。その意思、目的を尊重しよう」

「……ありがとう、助かるよ」

「ホライズンでは、色々と助けられたからな。今度は、私がレインの助けになる番だ。とはいえ、これくらいで借りを返せるとは思っていないが」

「十分だよ」

俺とステラは互いに笑みを交わした。

こうして、俺達は特例として、独自に行動することを許された。

しかし、だからといって討伐隊がイリスと戦うことを待ってくれる、ということはない。戦うために準備を整えて、標的を発見すれば即座に戦闘に突入するだろう。

いかにイリスといえど、これだけの数の冒険者と騎士団を相手にすることは難しいだろう。一騎当千の力を持つけれど、体力にも魔力にも限りがある。一人で戦う以上、いずれ限界が来る。

そして……討たれるだろう。

そうなる前に、イリスを殺すのではなくて、封印するという方法を以《も》って、彼女を止めなければいけない。

時間との戦いだ、急がないと。

「おいっ、レイン！」

会議が終わり、テントを後にして、みんなが待つ宿へ戻ろうとしたところでアクスに呼び止められた。

このまま黙って行かせてくれるわけないか。アクスとセルには何も話していなかったからな。

足を止めて、二人に顔を向ける。

「会議で言ってたこと、本気なのか？」

「イリスを封印する方法を探す、っていうことか？」

「ああ、それだ。マジで言ってるのか？」

「本気だ」

「どうしてだ？」

アクスが険しい顔をした。

「相手は悪魔だ。村を壊滅させて、別のところでは人も殺してるらしい。そんなヤツを生かしておいたら、絶対にまた同じことが起きる。同じ悲しみがばらまかれることになる。それでいいのか、お前は⁉　もしかして、こんな時に日和《ひよ》ったのか⁉」

彼なりに思うところがあるらしく、アクスはいつになく熱く、強い調子で問い詰めてきた。

そこにセルが割り込む。

「落ち着きなさい」

「でもよっ！」

「いいから落ち着きなさい。今のアクスでは冷静に話し合うことはできないわ。まずは、レイン達の事情を聞かないと……そうでしょう？」

「……わかったよ」

渋々という様子でアクスが引き下がる。

代わりに、セルが冷静な瞳をこちらに向けた。

「レインの考えはわかったわ。納得はしていないけれど……理解はした」

「そっか」

「でも、どうしてそんな考えに至るのかしら？　上は悪魔の討伐という決定を下した。それに、あんな存在を放置しておくわけにはいかない、と考えるのが普通よね？　それなのに、レインはあえて封印という手をとろうとする。それは、どうしてなのかしら？」

「それは……」

「理由を教えてくれない？」

ここまで来て、黙っておく……なんて選択肢をとるわけにはいかないか。

この二人がどんな反応をするのか？

それは、ある意味で予想がつくのだけど、俺は覚悟を決めて、昨夜の出来事を話す。

「実は……」


イリスの過去。

イリスの憎悪の源。

それらを話して……それから、俺の想いを話した。

彼女が死んでいい存在だなんて思えない。だから、討伐はしない。

しかし、このままでは大きな被害が出るだろうし、なによりもイリス自身が死んでしまう。

だから、封印をする。

そうすることで、その命を助ける。

これ以上、殺し合いを繰り返したくなんてないから。

……考えていること、思っていること、全てを話した。

「なるほどね」

セルは冷静に俺の話を受け止めていた。

しかし、アクスは……

「お前なぁ……敵に同情してどうすんだよ⁉」

イリスの感情に触れて、その色に染められた俺に対して、アクスは怒りを覚えていた。

今までに見たことのない顔で、本気で頭に来ているということがよくわかる。ともすれば、俺に摑みかかりそうな勢いだ。

「相手は村を一つ、潰しているんだぞ⁉　そして、これから先、何人も殺すぞ⁉　過去に酷い目に遭ったからといって、そんなことが許されると思ってんのか⁉」

「許されないだろうな」

「なら っ……！」

「でもそれを言うなら、イリスの仲間を、家族を殺した俺達、人間も許されないだろう？」

「それはっ……でも、過去のバカがやったことだろう！　その咎《とが》を俺らが受けるなんておかしいだろうがっ」

アクスの言うことは正しい。

正しいのだけど……どこまでもまっすぐな正論というものは、時に、感情を置き去りにする。感情抜きで答えを出してしまう。

でも、俺達は人だから。

感情があるから。

どうしても、感情を置き去りにすることはできず、イリスの心のことを考えてしまう。

「あんなヤツを放置するつもりか？　言っとくが、改心するなんて可能性、まるっきりないぞ。断言してもいい。ヤツは、また人を殺すぞ」

「わかっている。そこは同意見だ」

「なら……」

「だから、俺は封印という方法をとるんだ。これ以上、イリスに罪を重ねてほしくないから……死んでほしくないから……イリスを封印する」

「そんな身勝手なこと……」

「ああ、そうだ。これは、俺のわがままだ。イリスに死んでほしくないっていう、俺のわがままだ。そのために他を危険に晒すことも重々に承知しているさ」

「っ……話にならねえな！」

アクスが苛立たしそうに地面を蹴った。

そんな行動をさせてしまうことを申し訳なく思うが、それでも譲ることはできない。

「……一つ、いいかしら？」

今度はセルが口を開いた。

冷静なままで、その表情はいつもと変わらないように見える。

それだけに、なにを考えているかわからない。

「例えばの話だけど……レイン達が悪魔……イリスを封印する方法が見つけられないうちに、ヤツが再び暴れたとする。そして、誰かを殺したとする。その場合、責任はとれるの？」

「とれないな」

「そこは理解しているのね。それでも、レインは考えを変えないの？」

「変えない」

俺の意志を示すために、きっぱりと言い切った。

「責任の話をするなら、俺達は……人は、イリスに対して責任を取らないといけない。そんなこともしないでただ殺すなんて真似は、認めちゃいけないんだ」

「相手は、人を強く敵視している最強種なのよ？　そういう思いやりをかけている余裕なんて、普通に考えてないと思うのだけど」

「でも、イリスが敵になったのは人のせいだ。自業自得でもある」

「本当に助ける価値があると思うの？」

「価値なんてどうでもいい。俺がただ、そうしたいだけだ」

「呆れた理由ね」

「だから、アクスに対しても言っただろう？　これは、俺のわがままなんだ」

これ以上、イリスに苦しい思いをしてほしくない。今まで、たくさん酷い目に遭ってきたのだから、そろそろ、ゆっくりと休ませてあげてもいいじゃないか。

そう思うのは、いけないことなのか？

俺一人くらい、そんなことを思ってもいいじゃないか。

「ふぅ」

セルが吐息をこぼした。

それは、諦めの色を含んだ吐息だった。

「……わかったわ。レイン達は好きにするといいわ」

「おい、セル！　こんな好き勝手許すっていうのか⁉」

「仕方ないじゃない。こんなにも強い意志を持っているのだから、説得は不可能に近いわ。それに、レイン達に強制することができると思う？　たくさんの最強種と、その最強種を従える力を持つレインを、力ずくでどうこうできると思う？」

「それは……」

「できないでしょう？　なら、放っておくしかないの」

そう言って、セルは一歩、後ろに下がる。

俺とセルの距離は、近いようで果てしなく遠い。

たった一歩の差だけど……その距離は、どんなことをしても埋められないものだと、本能的に悟ってしまった。

「レイン達は好きにするといいわ。私達は止めない」

「ありがとう」

「でも……私達は協力できないわ」

「……そっか」

「ああ、そうだな。セルの言うとおりだ。俺達は、これ以上、レインと一緒にいられねえな」

それは、決別の宣言だった。

こうなることは予想していた。二人は一流の冒険者だ。確実に契約というものを守り、また、確実に組織の命令に従うように生きている。

それに、なんだかんだでとてもまっすぐな性格をしている。人を害する可能性のあるイリスを放置するなんて選択肢はとらないだろう。見過ごすことはないだろう。

そんな二人が味方になってくれる可能性は低いと思っていた。

そう思っていたのだけど、いざ別れが目の前になると寂しいものがある。

短い間だけど、一緒に旅をした仲間だ。

仲間が離れることは……やっぱり、寂しい。

「ここでお別れね。短い間だけど、楽しかったわ」

「俺も楽しかったよ」

「にゃー……ありがとうね」

今まで黙って様子を見ていたカナデが、ついついという感じで、ぽろりと呟《つぶや》いた。

なんだかんだで二人に気を許していたみたいで、寂しそうにしている。

「私達は私達の道を行くけど……レイン達も気をつけて」

「けっ……綺麗事《きれいごと》を言いやがって。悪いが、俺は付き合えないぜ。勝手にしやがれ」

「これが別れになるのだから、もっとちゃんとした挨拶をしたら？」

「こんなお人好し連中にかける言葉なんてないな」

アクスはそっけないものの、複雑そうな顔をしていた。言葉ではきついことを言いながらも、それでも、俺達のことを気にかけてくれているのだろう。

こんな形で二人と別れるようなことになってしまい、胸が痛む。

それでも。

俺は、前に歩くと決めた。イリスを救うと決めた。

だから、後悔するような表情は見せず、前を向いて歩くという意思を示すように、二人に手を差し出した。

「またな」

「……ああ」

「お互いにがんばりましょう」

アクスとセルと握手を交わして……そっと、手を離す。

そして、俺達の絆《きずな》は絶たれた。

3章　精霊族の里へ

俺達は封印の方法を探すことにした。

もう一度、村人から話を聞いて、村に残っている文献などを調べて……ありとあらゆる手がかりを求めて奔走する。

「ふう……うまくいかないものだな」

村の広場のベンチに座り、ため息をこぼした。

あれこれと調べてみたものの、手がかりが見つからない。イリスのことや封印について、表面を知っている人はいても、深いところまで知っている人がいない。

「それも仕方ないか」

時が経ち過ぎて、誰も覚えていないのだ。

それでも、一人二人くらいは……と思っていたのだけど、甘い考えだったらしい。封印に関する情報収集は難航していた。

とはいえ、これくらいで諦めるなんてことはしないし、凹んでもいられない。

イリスは、先の戦いでそれなりのダメージを負ったはずだ。今すぐに行動は起こさず、しばらくは傷を癒やそうとするに違いない。

だから、すぐに討伐隊と激突することはないと思うが、それでも、のんびりしていられない。

時間がないことは確かなので、今できることを確実に、迅速に行っていかないと。

「レイン」

振り返ると、カナデとみんなの姿が。

カナデがコップを持っていて、こちらに差し出してきた。

「喉かわいてない？　冷たい水、もらってきたよ」

「ありがとう」

冷たい水を喉に流し込む。

頭がスッキリして、力が湧いてきた。

「よしっ」

休憩終了。

もう少しがんばるとするか。

「みんなの方はどうだった？」

手分けをして調査をしていたのだけど、成果はあったのだろうか？

期待を込めて尋ねてみるが、

「にゃあ……ごめんだよ。特に何も」

カナデの尻尾がへにゃりと垂れ下がる。

他のみんなも難しい顔をして、首を横に振る。

「そっか……」

「ごめんね」

「謝ることはないさ。カナデやみんなが悪い、っていうわけじゃないんだから」

でも……どうしたものか。

調査を諦めるつもりはないけど、こうも手がかりがないと、行動の指針を立てることすらできない。なんでもいいから、手がかりがあればいいんだけど。

「……レイン、ちょっとした提案があるのだ」

迷うような間を置いてから、ルナが口を開いた。

「誰が封印を施したのか……それを調べてみるのはどうなのだ？」

「調べられるのなら調べたいが……方法は？」

「我がスペシャルな魔法を使おう」

「ルナ。それでは説明になっていませんよ」

「なに⁉　今のでわからないのか⁉」

「わかるわけないでしょう。この駄妹《だまい》」

「駄妹⁉」

ソラの辛辣なツッコミに、ルナはガーンとショックを受けていた。

それにしても、どこかで聞いたような鋭いツッコミだ。

「えっと……どういうことなんだ？　詳しく説明してほしい」

「うむ。封印の跡地に行った時のことを覚えているか？　あの時、あそこで見つけた冒険者の死体の記憶を探る魔法を使っただろう？」

「そうだな。つい先日のことだから、ちゃんと覚えているよ」

「あの魔法の応用で、封印の跡地の記憶を探る。その場の記憶を遡り、誰が封印を施したのか探ってみようと思うのだ」

「あんた、そんな魔法が使えるわけ⁉　それならそうと、もっと早く言いなさいよ」

タニアのもっともな言葉に、しかし、ルナは難しそうな顔で反論する。

「記憶を探る魔法は、過去へ戻る時間が長ければ長いほど難しいのだ。イリスが封印されたのは、数百年以上前……そんな昔の記憶を探るというのは、我もやったことがない。失敗する可能性が高いから、変に期待させるのもどうかと思い、黙っていたのだ」

「ですが、今は他に手がかりがない様子。他に手がないのならば……と、提案してみることにしました。まあ、失敗すれば、無駄に時間をかけてしまいますが……どうしますか？」

「ふむ」

二人の言葉を受けて、頭の中で考えをまとめる。

過去の記憶を探り、誰が封印を施したのか調べる。それが可能ならば、大きな手がかりを手に入れられるかもしれない。

でも、確実なものとはいえないし、失敗して貴重な時間を失ってしまう可能性もある。

ある種、賭けになるかもしれないな。

「……そうだな。他に手がかりもないから、やれるだけのことはやってみようか。ソラ、ルナ。頼めるか？」

「はい、わかりました」

「ふははははっ、我に任せるがいいぞ！」

◆

パゴスの村跡へ移動して、そのまま山へ。

一度、足を運んだところなので、二度目はスムーズに移動することができた。

ほどなくして、封印の祠《ほこら》があった場所に到着する。

「さて！　我の活躍を見せる時がやってきたぞ！」

「何か手伝えることはないか？」

「数百年以上前の記憶を探るのは、ものすごく時間がかかるのだ。だから、我らを守ってほしいぞ」

「魔法を使っている間は、どうしても無防備になってしまうので。お願いできますか？」

「もちろん」

ソラとルナのことは、この身に代えても守る。

というか、そんな理由がなくても、二人は大事な仲間なので、どんなことが起きてもいつでも守ろうと思っている。

「ちなみに、どれくらいかかるわけ？」

「んー……たぶん、一時間くらいなのだ！」

「そんなに？　けっこう長いわね」

「それくらい大変なことなのだ」

「なるほどね。ま、がんばりなさい。あんたらのことは、あたしがきちんと守ってあげるから」

タニアが頼もしいことを言う。

「うんうんっ、私達に任せておいて！」

「がん、ばる……ね」

「ウチ、こんな格好やけど、それなりに戦えるでー」

カナデやニーナ、ティナもやる気たっぷりといった様子だ。

みんな、頼もしい。

「じゃあ、始めるのだ」

「ソラ達が魔法を使っている間、よろしくおねがいします」

ソラとルナが壊れた祠の左右に立ち、手の平を向けて魔法の詠唱を始めた。

光の粒子が手の平からあふれて、壊れた祠を包み込む。

ずっと詠唱が続いているけど……これが一時間、続くということか。

「後は二人に任せて、俺達はやることをやるか！」

「おーっ！」

カナデが元気よく返事をして、他のみんなも手を上に上げる。

それから、俺達はソラとルナを中心に円陣を組んで、何が起きてもいいように待機した。

「ふっ！」

熊と酷似した魔物の一撃を、腕を盾にして受け止めた。

カナデと契約して得た力があるため、多少、痺《しび》れるものの怪我はない。

「重力操作！」

魔物が第二撃を放とうとしたところで、重力を操作して、その体に過負荷をかけた。魔物の動きが目に見えて鈍る。

「はぁっ！」

その隙を逃すことなく、下から上へ、魔物の顎を膝で撃ち抜く。

巨体がぐらりと揺れて、そのまま地面に倒れる。

やがて、霧が晴れるように体が消えて、魔石が残された。

「ふう……こんなところか」

あれから三十分ほどしたところで、魔物の群れに見つかり交戦することに。

ソラとルナを守りながらの戦いで、それなりに緊張はしたけれど、スズさんの特訓を受けた俺達がそこらの魔物に遅れをとるわけがない。

きちんとソラとルナを守りきり、魔物達を殲滅《せんめつ》させることに成功した。

「にゃー。レイン、おつかれさま」

「カナデもおつかれさま。みんなもおつかれさま。大丈夫か？」

「ええ。これくらい、なんてことないわ」

「ん……平気、だよ」

「ウチ、体力には自信あるで」

タニアとニーナとティナが、元気な様子で応える。

この分なら、特に問題なさそうだ。

とはいえ、これがずっと続くとなると辛い。ソラとルナを守りながら戦うというのは、それなりに神経を使うからな。自覚していないだけで、疲労が溜《た》まっている可能性が高い。

魔物との交戦は三十分ほどだったから……ソラとルナが魔法を使い始めて、そろそろ一時間が経つのか。

できれば、そろそろ終わってほしい。

「うん？」

そんな祈りが通じたのか、ソラとルナの手からあふれる光の粒子が消えた。

「……ふう」

「……疲れました」

二人は吐息をこぼしながら、そっと祠の跡から離れた。

「おつかれさま」

「うぅ、疲れたのだー……レイン、我を甘やかしてくれー」

「あ、ずるいですよ、ルナ」

ルナがふらふらしながら抱きついてきた。

それに続いて、ソラも抱きついてくる。

二人をしっかりと受け止めながら、労うようにその頭を撫《な》でた。

「ありがとな、ここまでしてくれて。本当に助かるよ」

「なんの。我が主殿のためなのだ」

「ご主人様のためならば、ソラはがんばりますよ」

「うにゃー……二人はおつかれだから、甘えるのは仕方ないこと……仕方ないことなんだよ、うん……でもでも、もやもやするぅ！」

なぜか、カナデが複雑な表情をしてじっとこちらを見つめていた。

「それで、何か見えたわけ？」

「うむ。見えたには見えたが……」

いつも物事をハッキリと言うルナが、珍しく口ごもった。

とんでもないものが見えたのだろうか？

自然と身構えてしまう。

「魔法は成功したのだ。我らは、この祠にイリスを封印するところを見ることができたのだ」

「やるじゃない。で、それは誰だったの？　見覚えがある人だった？」

「うむ、それが……」

ルナは迷うように視線を揺らしてから、戸惑い気味に口を開く。

「……母上だった」

「母上？」

予想外の言葉に、思わずぽかんとしてしまう。

他のみんなも似たような反応だ。

その中で、一番最初に我に返ったタニアが、ソラとルナに問いかける。

「母上って……母さん、っていう意味の母上よね？」

「他のどのような意味があるのだ？」

「バカにしているのですか」

「いや、だって、ねえ？」

タニアが何か言いたそうにこちらを見てきた。

気持ちはわかる。

ソラとルナの母親がイリスを封印したなんて……この世界、狭すぎだろう。こんなところで繋《つな》がりが出てくるなんて、思ってもいなかった。

「にゃー……二人のお母さんがイリスを封印していたなんて、びっくりだよ」

「正確に言うと、母さんだけではありません」

「母上一人ではなくて、多数の最強種が見えたな。猫霊族の姿もあったぞ」

「にゃ⁉　もしかして、私のお母さんも……」

「それはないと思うぞ？　猫霊族の寿命は人と変わらないだろう？」

「あ、それもそうか。うーん……でもでも、お母さんなら……」

カナデは、スズさんのことを不老長寿だと思っているのだろうか？

まあ、あの若さを見せつけられたら、そう思ってしまうのも仕方ないかもしれないが。

「とにかく、これで手がかりを手に入れることができたな！」

ルナが上機嫌に言う。魔法が成功したことで、気分が良いのかもしれない。

そんなルナの言葉に、ニーナが小首を傾げる。

「手がかり……あった？」

「我らの母上が封印をした、ということがわかったのだ。これ以上ないくらいの手がかりだろう？」

「でも……どうやって、話を聞くの？」

「ん？　そんなもの普通に……って、ああ。なるほど。そういうことか」

「ニーナは……というかみなさん、ひょっとして、ソラ達の母さんが死んでいると勘違いしていませんか？」

「え？　違うのか？」

イリスが封印されたのは数百年以上前のことだ。

普通に考えて、ソラとルナの母親が生きているわけない。

あるいは、数百歳以上なのだろうか……って、待てよ？

もしもそうだとしたら、そんな人の娘であるソラとルナも数百歳以上ということに……？

でも、実際はそんなことはなくて、二人は十四歳で……あれ、混乱してきたぞ？

「結局、どういうことなのよ？」

タニアが焦れったそうに、ソラとルナに問いかけた。

「単純な話なのだ。精霊族は長命なのだ」

「平均的な寿命は五百歳です。母さんは三百歳くらいなので、イリスを封印した当事者であってもおかしくないいんですよ」

「な、なるほど……」

精霊族の情報はあまり持っていないから、長命ということは知らなかった。

三百歳……いったい、どんな人なんだろう？　ものすごく気になる。

「にゃー……？　三百歳ということは、ソラとルナもそれくらいの歳になるということで……？」

「そんなわけないだろう。我は十四歳なのだ。歳はごまかしてないぞ」

「母さんは、昔は恋愛なんてする気分じゃなかったらしく、ずっと独り身で……ここ最近になって、結婚したみたいです。それで、ソラとルナが生まれました」

「にゃるほど。でも、そういうことは三百歳で……色々としたわけで……うわぁ、元気」

「あんた、何考えてるわけ？」

「にゃ、にゃんでもないよっ⁉」

タニアから呆《あき》れたような視線を向けられて、赤くなったカナデが、なにかをごまかすようにぱたぱたと手を横に振る。

まあ、その辺は色々と気になるよな、カナデの気持ちはわかるぞ。

って、話が逸れた。

「ソラとルナの母親は、今どこに？」

「ふむ、どこだろうな？　我らが門番をしていた頃は、用事があるからとどこかに出かけていたのだが……」

「おかげで、助けてもらうことができませんでした」

「まあ、その代わりにレイン達に助けてもらえて、出会うことができたから、我はよしと考えておるぞ」

「その点については、ソラも同意しますけどね」

「つまり、ソラとルナのおふくろさんはどこにいるかわからないっちゅーことか？」

ティナがヤカンの蓋をぱかぱかさせながら問いかけた。

なぜ、ぱかぱかさせた……？　口の動きを真似てみたんだろうか？

「里に戻ればわかると思うぞ。誰かが行き先を知っているはずなのだ」

「あるいは、あれからそれなりの時間が経っているので、もう用事とやらを終えて帰っているかもしれませんしね。普通に会えるかもしれません」

「それはそれで、難しくないか？　みんなはともかく、俺が精霊族の里に入ってもいいものなのか、すごく迷うんだけど」

ソラとルナは門番を放り出しているが、同族なので、里に入ることを拒まれることはさすがにないと思う。

カナデ達も人ではなくて最強種だから、多分、拒まれないだろう。

ただ、人間である俺とティナは、どういう風に扱われるか……非常に悩ましい。

「むぅ、そこが問題なのだ」

「里に繋がる門へ移動するだけならば、比較的簡単なんですが……」

「そうなん？」

「精霊族の里へ繋がる門は、世界各地にあります。この近くにも、その門の一つがありますよ」

「ただ、そこから先が問題なのだ。我らが他の入り口を守っていたように、絶対に門番がいるからな。まず間違いなく、揉《も》めることになるぞ」

「相手は、少なくて二人、多くて五人くらいだと思います。今のソラ達ならば、力ずくで制圧することも可能だと思います」

「基本、引きこもりの精霊族は戦いに慣れてないからな」

「だから、引きこもり言わないでください」

「とはいえ、強引に押し通れば、里に入ったところでどんな扱いを受けるか……想像するだけで面倒なのだ」

俺達は精霊族にケンカを売りに行くわけじゃない。

ソラとルナの母親に話を聞きたいだけだ。

その点を強調して、説得することはできないだろうか？

「言っておくが、説得は難しいと思うのだ」

俺の考えを見透かしたかのように、ルナが言う。

「我ら精霊族は、人間に対してものすっごい偏見を持っているからな。かくいう我も、レインと出会う前は、人間のことをそこらの虫と同じくらいに考えていたぞ」

「そ、そこまでなのか……？」

「人間は木々を伐採する天敵のようなものだからな。それだけ、敵視も強いのだ」

「なので、説得するということは不可能に近いかと思います」

「たらしこまれた我とソラが特殊なだけなのだ」

「まいったな」

ようやく手がかりを得たというのに、それを活かすことができない。とはいえ、今から他の手がかりを探している余裕はない。

どうにかして、ソラとルナの母親と会いたいのだけど、良い方法はないだろうか？

「期待してはいけません、というようなことを言っておいてなんですが……」

「ここは、我らに任せてくれないか？」

珍しく……というのもどうかと思うが……ルナが真面目な顔をして、静かに言う。

「何か考えが？」

「レインが仲間を説得することは難しいです」

「ならば、我らが説得してみるのだ」

「それは……」

難しいのではないか？

ソラとルナは、門番の仕事を放り出して、勝手に外の世界を旅している身だ。

同族だとしても、快く思われていないだろう。

「レインの懸念は理解できます。ソラ達の話を聞いてくれるかどうか。なかなかに難しいところがあるでしょう」

「でも、ここで諦めるわけにはいかないのだ。せっかくの手がかり、放り出すわけにはいかないのだ」

「それに、成功する確率は、そこそこあると考えています。まずは説得をして……」

「それでダメなら、我らだけで里に戻る」

「そして、母さんに話を聞いてくる。これならば、問題ないと思いませんか？」

「確かに」

今の流れなら、うまくいくかもしれない。

精霊族も、同族であるソラとルナの帰郷まで妨げるようなことはしないだろうが……ただ、その案を採用すると、完全に二人に任せてしまうことになるんだよな。

失敗するんじゃないか？　とかそういうことは思ってない。二人を信頼していないというわけじゃない。大事な仲間として、これ以上ないくらいに信頼している。

しかし、何か想定外の事態が起きたら？

二人だけにしたことで、危険が及ぶようなことになってしまったら？

どうしても二人の身を案じてしまい、実行に移す決断ができない。

そうやって迷う俺に、ソラとルナは優しい笑みを見せる。

「主殿よ。我らのことを信頼しているか？」

「ああ、しているよ」

「ならば、今回の件、ソラ達に任せてください」

「任せるということこそが、信頼の証ではないか？」

「そして、信頼された以上、ソラ達は万全を期して事に挑み、また、ご主人様のところへ帰ってくるでしょう」

まいったな。

俺の考えていることは全部見透かされていて……それでいて、もっと信頼してくれと、軽く説教されてしまった。

心配性なのかもしれないな、俺は。

ここまで言われたら、拒否することなんてできない。ソラとルナのことを、もっと信じることにしよう。

「わかった。それじゃあ、頼んでもいいか？」

「うむ、任せろなのだ！」

「承りました」

ソラとルナは、元気よく頷《うなず》いた。

「それじゃあ、精霊族の里にレッツゴー、なのだ！」

「ルナ、どこへ行こうとしているのですか？　そっちは正反対ですよ」

「……ちょっとした間違いなのだ」

明後日の方向に歩き出そうとしたルナを、ソラが冷静に諫《いさ》めた。

恥ずかしかったらしく、ルナは軽く頬を染めている。

「それで……精霊族の里の入り口はどこに？」

「ここからわりと近いぞ。我ら精霊族にしか感じることのできない、力の流れを感じるのだ」

「おそらく、この山の麓付近に入り口がありますね」

「わかった。とりあえず、入り口の近くまでは一緒に行こう」

「うむ。ではでは、改めてレッツゴー、なのだ！」


山の麓へ移動したところ、小さな洞窟を見つけた。

草木に隠れていて、一見するとわからない場所に入り口がある。

「狭いわね……」

「ふにゃ⁉　私の尻尾触ったのだれ⁉」

「すまない、我なのだ。もちろん、わざとなのだ」

「わざと……なんだ」

なぜかルナがドヤ顔をして、ニーナがちょっと呆れた様子で言う。

洞窟の中は一人が歩くのがギリギリという感じで、なかなか奥に進むことができない。

それでも、ソラとルナが、この奥に精霊の里に繋がる道があるというのだから、引き返すことはできない。

怪我をしないように注意しながら、慎重に足を進めていく。

そうして、歩くこと約一時間。

俺達は洞窟の最深部にたどり着いた。

「ここは……」

最深部は今までとは違い、洞窟の中とは思えないほどに広かった。ちょっとしたスポーツができそうなほどで、高さもある。

「これ、自然にできたものなのかしら？」

「うーん……それは考えづらいなあ。こんな見事な球形なんて、めったにないで？」

タニアの疑問に、ティナがそんな見解を示した。

俺もティナに賛成だ。

広場は綺麗《きれい》な円形になっていて、人の手が入っているようにしか見えない。

いや。正確に言うと、精霊族の手、だろうか？

「ここが精霊の里の入り口なのか？」

「うむ。そうなのだ」

「しかし、おかしいですね……見張りがいないみたいです」

ソラの言う通り、誰の姿も見えない。

魔法で隠れている可能性はあるかもしれないが……しかし、ソラがそのことを指摘しない以上、その可能性はないのだろう。

いや……そうとも限らないか？　ソラを欺くほどの力を持つ人がいたら？

「……なんだろうな、この感覚は」

本当に門番がいないのだろうか？

確かにソラの言う通り、姿は見えないし魔力の流れも感じられない。

ただ姿が見えないだけで、なんていうか、こう……圧迫感のようなものを感じる。

それと、視線。

誰かにじっと観察されているような、そんな視線を感じる。

「ソラ、本当に誰もいないのか？」

「え？」

「どうしたのだ、レイン？　見ての通り、誰もいないぞ」

「そうなんだけど……なんか、気配がするんだよな」

「気にしすぎではないか？　姿は見えぬし、魔力の流れも感じぬぞ」

「でも……うーん、やっぱり感じるんだよな。なにかいるような気がする」

『ふむ……男の方は合格じゃな』

「っ⁉」

不意に声が響いた。

慌てて周囲を見回すが、やはり俺達以外に誰もいない。

それなのに続けて声が響く。

『姿も気配も完全に遮断したはずなのじゃが……それなのに、妾《わらわ》に感づくとは立派なものじゃ。褒めてやるぞ。それに比べて娘達ときたら……まったく、これだけ近くにいるのに気づかないとは、情けない限りじゃのう』

「そ、その声は……⁉」

「母さん⁉」

ソラとルナが驚きの声をあげた。

それに反応するように、洞窟の中央の空間が蜃気楼《しんきろう》のように不自然に揺らぐ。

姿を見せたのは、背中に光の羽を持つ精霊族だ。

ソラとルナをさらにコンパクトにしたかのように、背が低くて、体も小さい。見た目はとても幼いのだけど……でも、不思議と子供らしさを感じない。

矛盾しているのだけど、この場にいる誰よりも年上のように感じた。

亜麻色の髪。白い肌。くりくりっとした瞳。

ソラとルナにそっくりで、二人の妹と言われたら納得してしまう。

でも、本当は二人の妹じゃない。

その正体は……

「母さん」

「母上」

ソラとルナが目を丸くして言う。

「なのじゃ」

娘が驚く様子を見て、ソラとルナの母親は、どこか満足そうに頷いた。

ふわふわと浮きながらこちらに移動して、そっと地面に足をつける。

「久しいな、我が娘達よ。元気にしておったか？」

「う、うむ。我らは元気にしていたぞ。なあ、ソラよ？」

「は、はい。見ての通り、問題なく過ごしていますが……」

「ならばよし。門番の役目を放り出して外の世界へ行ったと聞いた時は心配したが……どうやら、良い出会いがあったようじゃな」

ちらりと、ソラとルナの母親がこちらを見た。

俺達の関係をある程度把握しているみたいだ。

事前に話をすることなんてできないから、たぶん、この場を観察して、すぐに答えを導き出したのだろう。頭の回転の早い人だ。

「あの……」

「お主が娘達の保護者か？」

「いえ。保護者ではなくて仲間です。レイン・シュラウドっていいます。冒険者をしています」

「私はカナデだよ。見ての通り、猫霊族だよ」

「タニアよ。竜族よ」

「えっと、えっと……ニーナ、です。神族……です」

「ティナ・ホーリやで。こんな姿やけど、幽霊や」

みんな、それぞれ挨拶をした。

「ほう……猫霊族に竜族。しかも神族も一緒ときたか。さらに幽霊もおるなんて……ふむ、珍しいパーティーじゃのう。皆、そこの小僧を中心に繋がっているみたいじゃな」

「まるで見てきたかのように言うんですね」

「ただの推理じゃ。おぬしら、いつでも動けるように……そして、そこの小僧を守れるように身構えているじゃろう？　だから、小僧が中心なのではないか、と思っただけじゃ。簡単な推理じゃろう？」

本当、頭の良い人だ。

「えっと……」

「ああ、すまぬな。まだ名乗っておらなんだ」

なんて呼べばいいか迷っていると、ソラとルナの母親は失敬というように頭を下げた。

「妾は、アル。ソラとルナの母親であり、ここにある里への入り口の門番じゃ」

「アルさん……ですか」

「アルちゃん、と呼んでもいいのじゃぞ?」

確かに、見た目だけで言えば『ちゃん』付けがふさわしい気がするが、さすがにソラとルナの母親をちゃん付けで呼ぶことはできない。

「アルさんで」

「なんじゃ、つまらないのう。妾もまだまだ若いと思うのじゃが……のう。ソラとルナもそう思うじゃろ?」

「母上は母上だからな。もういい歳としか言いようがないぞ」

「というか、三百年以上生きているのに、ソラ達と同じに見てほしいなんて、サバを読むにもほどがありますよ」

「むぐっ……しばらく会わないうちに、口が達者になりおって」

アルさんは、子供っぽく唇を尖《とが》らせる。

子供っぽくもあり大人っぽくもあり、よくわからない人だな。

「なにはともあれ」

「ふわ!?」

「ひゃ!?」

アルさんはソラとルナを抱き寄せた。

そのまま二人の温もりに浸るように、顔を寄せる。

「元気にしていたみたいで安心したぞ」

「……母さん……」

「……母上……」

ソラとルナの目に涙がにじむ。

「妾がいない時に、大変なことになっていたみたいだな。傍にいてやれなくてすまぬ。でも、こうして元気でいてくれて……妾はうれしいぞ」

「うぅ」

「ひっく」

ついに我慢しきれなくなり、ソラとルナは涙をこぼした。

そのままアルさんに抱きついて、わんわんと泣く。

「……しばらく、そっとしておいてあげよう」

「うん、そうだね」

カナデを始め、みんなが優しい顔で頷く。

俺達は、親子の時間を過ごす三人を見守った。

「なにやら、気をつかわせてしまったみたいですまないのう」

しばらくして……

アルさんは、ソラとルナと離れてこちらに顔を向けた。その顔は、どこか満たされたようなもので、とても穏やかかな。

ソラとルナも同じような感じで、親子が再会することができてよかったと思う。

「いえ。ソラとルナのためでもありますから」

「ふむ」

アルさんがまじまじと俺の顔を見つめてきた。

「な、なんですか？」

「そのようなことを自然と言えるなんて……うむ、よくできた小僧じゃの。褒めてやるぞ」

「えっと……ありがとうございます？」

「おっと、小僧のままじゃいかんな。ちゃんと名前で呼ぶことにしよう。えっと……なんじゃったかの？」

「母さん。ソラ達のご主人様は、レインというのですよ」

「我らの主殿だからな。しっかりと覚えてくれ、なのだ」

ソラとルナが説明すると、おおっ、という言葉と共に、アルさんが手の平をぽんと打つ。

「そうじゃった、レインと言っておったな。レイン・シュラウドと……うん？　シュラウド？」

「どうしたのだ、母上よ？」

「いや、なんていうか、聞き覚えがあるような……ん、なんでもない。まあ、気の所為《せい》じゃろう」

なんだろう？

アルさんが、なにか不思議そうな顔をしているが……?

「それはそうと」

大した問題ではなかったらしく、そのまま流してしまう。

「娘達から話は聞いたのじゃ。なんでも、妾に聞きたいことがあるとか」

「はい。実は……」

イリスの封印が解けたこと。

もう一度封印するために、その方法を探していること。

その手がかりとして、アルさんに話を聞きに来たということ。

それらのことを話した。

「ふむ……」

話を聞いたアルさんは、難しい顔をした。

「一応、確認しておくが……イリスを封印したのは母上なのだな?」

「うむ。確かに、あの天族は妾とその仲間達が封印したぞ」

ルナの問いかけに、アルさんは静かに頷く。

当時を思い出しているらしく、なんともいえない感情をのぞかせていた。

「あやつの……イリスの暴走はすさまじくてな。なにもかも、全てを飲み込むような勢いで破壊を続けた。当時、妾達精霊族は人間と袂《たもと》を分かちつつあったが……それでも、放っておけないという結論になってな。他の最強種達と力を合わせて、イリスを封印したのじゃ」

「ちなみに、なぜ封印だったのだ？　倒す、という選択肢はなかったのか？」

「倒そうと思えばできたがな……イリスがああなった背景を考えると、命を奪って終わり、などという結末にはしたくなかったのじゃよ。憎しみは時が癒やしてくれるかもしれない。そう考えて、妾達は封印という選択をとったのじゃが……うまくいかなかったみたいじゃな」

アルさんが悲しそうな吐息をこぼす。

この人は、きっと優しい人なんだろう。イリスに起きた事件を自分のことのように考えることができて、同情することができる人だ。

そんなアルさんなら、俺達の力になってくれるかもしれない。

期待を込めて、問いかける。

「力を貸してくれませんか？」

「……」

「イリスは再び、復讐《ふくしゅう》を果たそうとしている。過去と同じ悲しみと苦しみを繰り返そうとしている。俺達はそれを止めたい。だから、もう一度、イリスを封印したい」

「それはなぜじゃ？　人を守るためか」

「それもありますが……それよりも、イリスを助けたい」

「助けたい？」

「イリスは復讐を果たすためなら死んでも構わないと思っている。今のまま暴走を続ければ討伐されてしまう。そんな結末は嫌だ。だから……俺は、イリスを助けるために封印をする」

「それは、危険を取り除いたことにならないぞ？　後世で問題になるかもしれないぞ？」

「元は、俺達人が撒《ま》いた種です。それに……イリスが死ぬよりはいい」

「その行動をなんというか、自覚しておるのか？」

「単なる俺のわがまま、エゴですね」

「自覚していながら、なお、その道を歩み続けようというのか」

アルさんが驚いたような顔をした。

次いで、じっと俺を見つめてくる。

「……レインならば、あるいは、イリスの心に届くかもしれないな」

「届いてみせます」

「断言するか。くくく、おもしろいな」

アルさんが笑う。

それは、どこか優しい感じがする笑みだった。

「うむ。レインの話は理解したぞ。納得もした」

「それじゃあ……」

「しかし、イリスを封印した方法は、精霊族の中でも秘技にあたる。頼まれたからといって、簡単に教えるわけにはいかないのじゃ。妾達精霊族は、今は、人間がどうなろうと知ったことではないからな」

「むぅ、母上は意地悪なのだ」

「なら、どうしろと言うのですか？」

娘達の抗議に、アルさんはにやりと笑う。

「決まっておるじゃろう？　こういう時は、古今東西、力を示してみせよ、という展開が王道なのじゃ」

「そういう展開になりますか」

残念ではあるが、ただ、即座に断られないだけマシだ。それに、ある意味でわかりやすいとも言える。

代表は俺だろう。

いつでも動けるように身構えるのだけど……なぜか、アルさんは何もしようとしない。

「……と言いたいところなのじゃが」

「え？」

「レインには、娘達を助けてもらった恩があるからのう。恩はきっちりと返さないといけないのじゃ」

「それじゃあ……」

「うむ。妾でよければ協力するぞ」

にっこりとアルさんが笑った。

「紛らわしい言い方をしますね……」

「最初から協力するつもりなら、そうと言ってほしいのだ」

「それではつまらないのじゃ。あと、レインの人となりを知っておきたい、という思いもあったのじゃぞ？」

娘達のジト目を受けながらも、アルさんは涼しい顔をしていた。

なるほど、こういうところは親っぽいな。

子供が永遠に逆らうことができない存在だ。

「それで、イリスを封印する方法は……？」

「ふむ……封印には魔法を使用するのじゃ。その魔法については、超級に分類されるが……まあ、ソラとルナなら一週間ほど練習すれば習得できるじゃろう」

「ふふん、我は魔法の天才だからな！」

どことなくうれしそうに、ルナが胸を張る。

アルさんに褒められてうれしいのかもしれない。

「母さんはついてきてくれないのですか？」

ソラがちょっと不安そうに尋ねる。

確かに、アルさんが封印をしてくれるのならばそれが一番だ。

「妾は門番をしないといけないからな。どこぞの娘達が任を放り出したせいで、妾にしわ寄せが来て大変なのじゃ」

「うっ」

「それに……今回の件を他人に任せて良いのか？」

「いえ。俺達で決着をつけたいです」

そうだ、アルさんの言う通りだ。

イリスの件を他の誰かに任せるわけにはいけない。

この問題については、俺達で解決しないと。

「うむ、その意気じゃ。ただ……一つ、問題があってな。イリスを封印するための『器』が必要なのじゃ」

「器？」

コテン、とルナが小首を傾げた。

一方で、俺はアルさんの言いたいことをなんとなく理解する。

イリスが封印されていた祠……そこには、何かしらのアイテムが収められていた。おそらく、伝説級のアイテムだろう。

そのアイテムを媒介にすることで、イリスを封印していたのだと思う。

「昔は、イリスの封印に『天の指輪』を使ったのじゃが……」

「天の指輪？　どこかで聞いたことがあるな」

「勇者にしか扱えない、伝説の装備の一つじゃ」

「ああ、道理で」

アリオス達と旅をする中で、どこかでその単語を聞いていたのだろう。

それと、アリオスが祠を壊した目的をようやく理解した。イリスを解放するのが目的ではなくて、伝説の装備を手に入れるためだったのか。

しかし、その結果、イリスが解放されてしまい……アリオス達はその責任を負うこともなく、逃げ去った。

ホント、ろくでもない連中だ。そろそろどうにかした方がいいかもしれない。

まあ、今はアリオスのことはどうでもいい。封印の方が問題だ。

「妾が開発した魔法は、対象の魂と肉体をエーテルに変換した後……まあ、こむずかしい話はよいか。とにかく、その魂と体を器に封印するというものじゃ。イリスほどの力を持つ者を封印するとなると、それ相応に強力な器が必要となる。レイン達は、伝説の装備に匹敵するアイテムを持っておるか？」

「それは……」

「その顔を見る限り、ないみたいじゃな」

「すみません」

「別に謝る必要はないのじゃ。伝説級のアイテムなんて、普通は持っておらんからの。しかし、うーむ……どうしたものか」

アルさんが難しい顔をして、うーんうーんと悩む。

俺達も一緒になって思考をフル回転させる。

「にゃー……勇者の装備を奪う、っていうのはどうかな？」

「強盗みたいな真似はちょっと……というか、アリオス達がどこにいるのかわからないからな」

「竜族の秘宝でもかっぱらってくる？　それっぽいアイテムなら、たくさんあるわよ」

「後々で大問題にならないか、それ？」

「えっと……えっと……ふぁあ」

「思いつかないなら無理に考えなくてもいいからな」

「ウチのヤカン使うか？」

「ティナが憑依《ひょうい》しているヤカンは伝説のヤカンなのか……？」

みんなであれこれと話し合うものの、解決策が出てこない。

それを見たアルさんが、仕方ない、という感じで声を出す。

「こうなったら、奥の手を使うのじゃ」

「と、言うと？」

「精霊族の里には、色々なアイテムが保管されている。その中には、伝説級のアイテムも存在する。それを使うことにするのじゃ」

「「えっ？」」

娘二人が揃《そろ》って驚きの声をあげた。

「我が言うのもなんだが……そのようなことをしていいのか？　問題になるぞ？」

「ついに、母さんが盗みを……ソラは盗人の娘になってしまったのですね」

「ええいっ、妾が盗みをすることを前提に話をするでないわ！　ちゃんと、真正面から行ってもらいうけるに決まっておるじゃろう」

「そんなこと可能なんですか？」

「限りなく難しいじゃろうな」

言葉とは反対に、アルさんはあっさりと言う。

「里の秘宝を持ち出すということは、里の皆に認められなければならぬ。妾ではなくて、レイン達が認められなければならぬ。相当に難しいことは確かじゃが……しかし、だからといって諦めるのか？　違うじゃろう。レイン達は諦めないのじゃろう？」

「もちろん。それしか道がないというのならば、どこまでも突き進んでみせます」

「うむ。その意気じゃ。それだけの心構えがあれば、きっと、突破口が見つかるじゃろう」

アルさんがにっこりと笑い、よくできましたというように俺の頭を撫《な》でた。

ちょっと照れくさかった。

◆

イリスを封印するためには、伝説級のアイテムを器にしなければならない。そのアイテムを手に入れるために、精霊の里へ赴く。

今後の方針が決まったところで、さっそく行動に移る。

「では、里へゆくぞ。準備はよいか？」

アルさんの問いかけに、みんな揃って頷いた。

それを確認した後、アルさんはなにもない方向を向いて、パンッ、と手を叩《たた》く。

すると、その音に反応するように、空間が揺らぐ。水に石を落としたように、ゆらゆらと波紋が宙に広がる。

「これが入り口じゃ。妾についてこい」

アルさんはそう言って、ゆらぎの中心に進んだ。

キィン、と甲高い音が響くと、アルさんの姿が溶けるようにして消える。

「にゃ⁉　消えた⁉」

「精霊族の里に移動したんですよ」

「ほら、みんなも行くのだ」

驚くカナデとは正反対に、ソラとルナはさすがに落ち着いていた。

アルさんがそうしたように、ゆらぎの中心に進み……そして、消える。

「あそこが入り口、っていうところか。どんな原理か知らないが、別の場所……精霊族の里に繋がっているんだろうな」

「にゃー……大丈夫かな？　変な場所に放り出されないかな？」

「大丈夫でしょ。そうなる時はカナデだけよ」

「にゃんで⁉」

「よいしょ……っと」

カナデとタニアがじゃれている間に、ティナが憑依するヤカンを頭に載せたニーナが、ゆらぎの中へ足を踏み入れる。

一番小さいのに、一番度胸があった。

「カナデ、タニア。俺達も行くぞ」

「うー、了解」

「ほら。いつまで尻込みしてるのよ」

タニアに押されて、カナデ達がゆらぎの中へ足を進めた。

それに続いて、俺もゆらぎの中に入る。


白い光と浮遊感に包まれる。

それが十秒ほど続いて……その後、一気に視界が開けた。

「これは……」

視界の端から端まで、全てが緑で埋め尽くされていた。森の中にいるかのように、辺り一面が草木に囲まれている。

巨大な木を利用して作られた家と、木の板が組まれた足場が見えるくらいで、その他に人工物らしきものはない。

水場の代わりなのか、透き通るように綺麗な湖が見えた。湖底が見えるほどに澄んでいて、ちょっとした輝きすら放っているほどだ。

明かりの代わりなのか、ふわふわと光が飛んでいる。たぶん、光を放つ虫の一種なのだろう。どこかでそんな種がいると学んだ覚えがある。

虫や鳥の穏やかな鳴き声と、涼しい風。独特の雰囲気があり、自然と心が穏やかになる。

「にゃー……すごいね」

「ホント……ここが精霊族の里なのね。綺麗なところ」

幻想的な光景に圧倒されているらしく、カナデとタニアはぼーっとしていた。

「皆、揃っておるな？」

少し進んだところにある広場で、アルさんが待っていた。

「妾と娘達は、これから里の者に話を通してくる。皆は、ここで待っているのじゃ」

「それはいいんだけど……」

「私達、とって食べられたりしない？」

タニアとカナデが不安そうな顔になるが、それも仕方ない。

さきほどから、あちらこちらから視線を感じる。そちらの方向に目をやると、サッと誰かが引っ込んでしまう。

勘違いということはなくて、見られていることは間違いないだろう。

そして、その視線は好意的なものではない。

ある程度、好奇心もあるのだけど……そういう視線を向けられているのはカナデ達だけで、俺に対しては、警戒や敵対心といったような意味合いを持つ視線が多い。

たぶん、俺が人間だからだろう。

精霊族の天敵と呼べるような存在が突然現れて、向こうは警戒しているのだろう。

「やっほー♪　おじゃましまーす」

何を思ったのか、カナデがいきなり元気よく挨拶をした。にこにこ笑顔で、姿を見せない精霊族に向かって手を振っている。

それを見て、タニアがちょっと引いた顔を作る。

「あんた、何してるの……？　壊れた？」

「なんかひどい評価⁉」

ガーン、というような顔になった。

「違うよ。なんか警戒されているみたいだから、私達はなんでもないよー、友好的なんだよー、って示そうと思って」

「まあ、カナデの能天気さをアピールすることはできたかもね」

「能天気……」

続けて、なにやらショックを受けていた。

「カナデの気遣いはうれしいけど、あまり意味ないだろうな」

「なんで？」

「そもそもの話、精霊族が警戒しているのは、ここに俺がいることが問題だろうから」

「あ、そっか。レインは人間だから……」

「正確にいうとウチも人間やけど、今はこんなナリやからなあ……人間って認識されてないんやろうな」

「ティナ、は……ヤカン族？」

「なんや⁉　そのおもしろおかしい種族は⁉」

ティナがヤカンの蓋をぱかぱかさせながら、驚くように言う。

俺達は笑うのだけど、周囲の厳しい視線は変わらない。

「むう」

なぜか、カナデがふくれっ面になる。

「どうしたんだ？」

「レインは悪い人なんかじゃないのに。それなのに、なんかこう、警戒されるのが納得いかなくて……うにゃあああ、もやもやする！」

「ありがとな」

「ふわっ⁉」

つい条件反射で、カナデの頭を撫でてしまう。

「そう言ってくれるだけで、俺は嬉《うれ》しいよ」

「えっと、その……う、うん。えっと、あの……レイン？」

「うん？」

「その、頭を……ふわぁ」

やけにカナデがしおらしい。

どうしたのだろうか？

「待たせたのう」

カナデの様子を確かめる前に、アルさん達が戻ってきた。

「早いですね」

「お主らを長時間放っておくわけにはいかないからな。急いだのじゃ」

「母上は里でも上から数えた方が早いくらい、歳をとっているからな。そんな母上の言葉なら、皆は無視できないのだ」

「カナデの母親ほどではありませんが、母さんはけっこう偉いのですよ」

娘二人が自慢するように言う。

実際、自慢しているのだろう。誇らしげな顔が微笑ましい。

「にゃー、すごいんだねえ」

「っていうか、具体的には何歳なのかしら？」

「妾は永遠の十七歳なのじゃ」

きっぱりと言われてしまい、誰も反論ができないのであった。

アルさんの案内で長の家に。

樹齢何千年というような巨大な木を利用して作られた家はとても広い。俺達全員が入っても、まだスペースに余裕がある。

それに自然の温もりが感じられて、落ち着くことができる。

ただ、これからのことを考えるとそんな気分にはなれなくて、ただただ緊張してしまうのだった。

「さて……お主がアルの言う人間か」

初老の精霊族が対面に座る。

この人が『長』なのだろう。

顔に深く刻まれたしわに、長く蓄えられたひげ。それと、長い時を生きてきたものだけが得られる風格を備えていた。こうして対峙《たいじ》しているだけで、圧を感じる。

緊張してしまうものの、ここで飲まれてはいけない。

深呼吸をして気持ちを落ち着けて、長の視線をまっすぐに受け止める。

「ほう」

長が感心するような声をこぼす。

俺が視線を逸らさなかったことを評価しているみたいだ。

「人間のわりに、なかなか肝が据わっているな」

「えっと……どうも」

今のは、褒められたのだろうか？

だとしたら、幸先が良い。

このまま、俺の望む展開に……なんてことを思うのだけど、それは甘かった。

「回りくどい話は好かん。なので、すぐに本題に入るとしよう。お主、里にあるアイテムを使いたいらしいな？」

「はい、実は……」

「いい、理由はさきほどアルから聞いた。その上で、わしはこう答えよう。協力はしない……とな」

「それは……」

「協力できないのではなくて、協力しない……それが答えだ」

きっぱりと言いきるところから、強い拒絶を感じる。

俺が人間だからというだけではなくて、それ以外の理由も何かありそうだ。

これは、一筋縄ではいきそうにないな。

でも、諦めるわけにはいかない。

俺は、やり遂げると決めたのだから。

「どうしてか、理由を聞いてもいいですか？」

「人間に話すことは何もない」

「……」

「こうして、顔を合わせただけでも、わしの最大限の譲歩と思うがいい。それ以上のこと……協力するなどということは、決してない。さあ、話はこれで終わりだ。早々に里を立ち去るが……」

「こりゃ」

ぽかんっ、とアルさんが長の頭を叩いた。

「な、何をする、アルっ」

「若い者がせっかく里を訪ねてきたというのに、その態度はなんじゃ。いくら相手が人間でも、それ相応の態度というものがあるじゃろうに」

「し、しかし、人間などに……あいたっ⁉」

また叩いた⁉

「人間じゃからこそ、だろうに。そのような態度をとれば、妾達精霊族の品位が疑われるというもの。そもそも、人間であるレインが落ち着いた態度を見せているのに、長であるお主がそのようなことでどうする。下に見られるぞ？　そんなこともわからんのか」

「むう」

「あと、妾が話を通したのじゃ。問答無用で追い払うでない。妾の顔を潰すつもりか」

「しかしだな……」

「しかしもなにもないわ。ほれ、やり直すがいい」

アルさんと長があれこれと言葉をぶつけあっていた。

その様子をぽかんと眺めていると、ソラとルナがそっと耳打ちする。

「……母さんは、長よりも長く生きているのです」

「……だから、長といえど、母上には頭が上がらないのだ」

「……なるほど」

でも見た目だけで言うのなら、アルさんが孫で長がおじいちゃんという感じだよな。

見た目と中身が逆転している。

スズさんもそうだけど……最強種の女性っていうものは、歳を重ねるほど幼く見えるようになるのだろうか？

「はあ……人間よ」

再び、長の視線がこちらに向いた。

「今すぐ出て行け、という言葉は取り消そう。もう少しだけ話を聞こう」

「ありがとうございます」

「大体の話はアルから聞いているが……昔、封印した天族が解放されたみたいだな」

「はい。それで、もう一度封印をしたくて……そのために必要なアイテムを貸してくれませんか？」

「人間などに協力することは……」

「んー？　今、何か言ったかのう？」

「……もう少し、詳しい話を聞かせるがよい」

傍にいるアルさんが、にっこりと笑顔で拳を見せつけると、長がたらりと冷や汗を流して話を切り替えた。

どう見ても脅しているのだけど、それでいいのだろうか……？

とはいえ、こうでもしないと話が進まないのは確か。

すみません、と内心で謝りながら話を続ける。

「イリスを放っておくことはできません。もう一度、封印しないといけない」

「わしらには関係のないことだな。聞けば、封印は人間が解いたそうではないか。自業自得というものだ」

「ええ、そうですね。だからこそ、俺達の手でイリスを止めなければいけない」

まっすぐに長を見つめる。

長もこちらの瞳を覗《のぞ》き込む。

視線と視線がぶつかり……やがて、長がため息をこぼす。

「ふぅ……頑固な人間だな。普通、ここまで冷たくあしらわれれば諦めるぞ」

「諦めるつもりなんて、これっぽっちもありませんから」

「なにがそこまでお主を突き動かす？　人間を守るためか？」

「それもあります。でも、それだけじゃない」

「というと？」

「イリスを助けるためでもあります」

「ほう？」

俺の言葉に、長が興味を示したみたいだった。

話を続けろというように促されたので、俺の想いを語る。

「イリスは復讐のことしか考えていない。自分のことはまるで考えていない。そんな風に生きることなんて、普通はできない。遠からず自滅してしまう。だから、俺はそれを止めたいんです。イリスを助けたいんです」

「敵なのに……か？」

「敵といえば、敵なのかもしれません。でも……」

いつの日だったか。

リバーエンドで、イリスと過ごした時間を思い返す。

あの時は……

あの時だけかもしれないけど……

確かにイリスと心が通じていたような気がする。

イリスにとってはただの気まぐれで、他愛のない時間だったのかもしれない。俺も、そこまで深くは考えていなかった。

それでも。

忘れることはなくて、今も、記憶に残っている。

だから、断言できる。

「敵かもしれないけど、心を通わせることはできます」

「……」

「イリスの全部を理解できた、なんてことを言うつもりはありません。俺が理解できたのは、たぶん、ほんの一部……それも、ただの同情にすぎないかもしれない」

「自覚はしているのだな」

「でも、同情するのはいけないことですか？　同情するっていうことは、相手の気持ちになって考えることです。それが全部悪いことだなんて思えない」

「ふむ……ものは言いようだな」

「でも、俺の本心です」

否定するようなことを言う長に、言葉を並べていく。

説得するためでもあり、俺の想いをわかってもらうためでもあり……とにかくも、心の内にある感情をさらけ出していく。

「イリスを助けるために封印をする。矛盾しているかもしれないけど……現状では、これが一番だと思うんです。だから、そのために力を貸してください」

「討伐した方が早いと思わないのか？」

「それじゃあ、なにも解決しない。いや、俺達人間にとって問題は解決するのかもしれないけど……それはただ、臭いものに蓋をしただけです」

今回の事件は、元を辿《たど》れば俺達人間が引き起こしたことだ。

だから、俺達人間が責任をとらないといけない。

それも、自分達に都合がいいような討伐という形ではなくて、せめて、封印という形をとらないといけないと思う。

「殺されて、殺して……殺して、殺されて……そんなの悲しいじゃないですか。どこかで、この連鎖を断ち切らないといけないんだ」

「……」

「俺が……俺達が、この連鎖を断ち切る。ここで終わらせる」

「……いいだろう」

長は静かに、深く頷いた。

「そこまでの想いと覚悟を抱いているのならば、もはや問うことはない」

「それじゃあ……」

「力を貸すこともやぶさかではない」

ほっとして、緊張していた体から力が抜ける。

ようやく、一歩、前へ進むことができた。

この調子でさらに突き進み……そして、イリスを止めてみせる。

改めて、胸の中で決意を固めた。

「ただ、条件がある」

「こりゃ。この期に及んで何を言っておる。また難癖つけるつもりか？」

アルさんが睨《にら》みつけるが、今度は長は怯《ひる》まない。

「協力してもいい、というのは本心だ。このまま、あの天族が野放しにされた場合、我ら精霊族にも被害が及ぶかもしれないからな。なんとかしなければいけないだろう」

精霊族はイリスに封印を施した張本人だ。

イリスの復讐の対象に含まれる可能性もゼロとは言えない。

「ただ、この人間に任せてもよいものか、それは判断しかねる。まずは力を見ないといけない。力を見ずに全てを託すなど、愚か者のすることだろう？」

「むぅ、それは……」

痛いところを突かれたという感じで、アルさんは言葉に詰まる。

長の言っていることは正論だ。

俺に力がなければイリスを封印することはできないわけで……それを証明しなければ、信用してもらうことはできないだろう。

言葉ではなくて、直接、その目で確かめてもらう他にないと思う。

となると……

「人間。お前の力がどれほどのものなのか、見せてもらうぞ」

やっぱり、こういう展開になるか。

でも、構わない。

そうすることでイリスを封印する方法にたどり着けるというのならば、どんなことでも受けて立つまでだ。


長に案内されて、闘技場のようなところへ場所を移した。

「精霊族の里にこんなところがあるなんて、驚きだな」

「ここは、主に魔法の訓練をするところなのだ。魔法の訓練をする場所だから、こうして広いスペースが確保されたのだ」

「あと、魔法が失敗した時、周囲に被害が出ないように、常時、結界が張られていますよ」

ルナとソラが、そう説明してくれた。

ここで、長の言う『試練』が行われるわけか。

いったい、どんな内容なのか？

うまく乗り越えることができるのか？

あれこれと考えてしまい、少し緊張してきた。

「舞台に上がれ」

長に言われるまま、闘技場の舞台に上がる。

俺に続いて、カナデも上がろうとするが、それは止められた。

「猫霊族の娘よ。それと他の者よ。お前達はダメだ」

「にゃん？　どうして？」

「お前達の力を確かめる必要はない。最強種なら、それ相応の力を持っていることは間違いないからな」

「試練を受けるのは俺一人、っていうことですか？」

「そうだ。不安か？」

「いえ、問題ありません」

カナデ達に目をやる。

「というわけだから……みんなは下がっていてくれ」

「でも……」

「大丈夫。俺なら問題ないから。今までもそうだっただろう？」

「にゃー……レインって、自分に関することはちょっと嘘《うそ》つく傾向があるんだよねえ」

カナデにジト目を向けられる。

そうだっただろうか？

特に嘘をついたことはない……ような気が……しないでもない。

「でもでも……うん。信じるよ！　がんばってね♪」

「ありがとう」

カナデと他のみんなが舞台の脇に待機した。

そうして準備が整ったところで、長が厳かな声で言う。

「お主には、これからとある相手と戦ってもらう」

「とある相手……？」

もったいぶった言い方が気になる。

よほど強い相手なのだろうか？

自然と警戒心のレベルが上がる。

「一対一で戦い、倒すことができればお主のことを認めよう」

「勝利条件は？」

「文字通り、倒すことじゃ」

「それは……」

「なんだ。もう勝ったつもりでいるのか？」

「そういうわけじゃないですけど」

「ふん……妙な心配をする必要はない。お主の戦う相手は、魔法で作り出した『モノ』だ。命も魂もない。だから、そういう心配をする必要はない」

「それを聞いて安心しました」

「もっとも、お主の命の危険はあるけどな」

「それについては大丈夫です」

「ふんっ、その自信、いつまで続くのやら」

どんな相手なのかわからないけれど、全力でいかせてもらう。

どうしても、認めてもらわないといけないからな。

それに時間もないから、できるなら短期決戦といきたい。

……そんなことを考えていたのだけど。

そうそう簡単にいくわけもなく、甘い考えということを思い知らされる。

「お主の相手は……コイツだ！」

長が薙《な》ぎ払うような感じで、手を横に振る。

その動きに反応して空間が歪《ゆが》み、巨大な鏡が現れた。

「これは……？」

巨大な鏡に俺の姿が映る。

鏡に映る俺は、訝《いぶか》しげな顔をしていた。

「っ⁉」

不意に、鏡に映る俺がニヤリと笑う。

しかし、俺は笑ってなんかいない。

鏡の中の俺は勝手に動き出して……そして、現実の世界へ。

もう一人の俺が鏡の中から現れる。

「にゃ、にゃんですと⁉」

「レインが二人……？」

カナデとタニアの驚く声が聞こえた。

俺も声にはしないものの、すごく驚いている。

いったい、これは……？

「それがお主の相手じゃ」

「俺……ですよね？」

「そう。つまり、自分自身との戦いということだ」

「自分と戦う……」

「人の本質は、己と向き合う時にこそ見極めることができる。故に、お主には自分自身と戦っても

らう。さあ、力を……お主の心を示してみせるがいい」

どういう原理か知らないが、魔法でもう一人の俺を作り出したらしい。そして、対戦相手はもう一人の俺、ということに。

さすが、精霊族の里。とんでもないアイテムがたくさんあるな。アイテムというか、魔法だろうか？　どちらにしてもすさまじい。

そうして驚きながらも、俺は、少しだけわくわくした。

もう一人の自分と戦う機会なんて普通はない。単純に、冒険者としての血がうずく。

「準備はよいか？」

「はい、問題ありません」

「では……その力、示してみせよ」

長がパンと手を鳴らして、それが戦いの開始の合図となった。


もう一人の俺……言いづらいので、影と呼ぶことにしよう。

影が合図と共に駆けてきた。

「っ⁉」

速い！　まるで風のようだ。

駆け出した影を止めることはできず、懐に入ることを許してしまう。

影はそのままの勢いで拳を繰り出してきた。

一撃。

二撃。

三撃。

流れるような動作で、連打を放つ。

「こいつ……！」

一撃目は顔を傾けて避けた。

二撃目は左手で受け止めた。

三撃目は避けることも受け止めることもできず、まともに受けてしまう。

重い一撃だ。体の芯まで衝撃が響くみたいで、思わずよろめいてしまう。

その隙を逃すことなく、影は追撃に移る。距離をとろうとする俺にぴったりとくっついて、離れることはない。

まるですっぽんだ。一度食らいついたら、二度と離すことはない。

「この……しつこいっ！」

影の足を払い、体が傾いたところへ膝を叩き込む。それだけで終わらず、その場で回転。上から下へ踵《かかと》を落とす。

痛烈な一撃を受けた影は、一瞬、よろめいたものの……目に見える変化はそれだけで、すぐに体勢を立て直してみせた。

この力。そして、この耐久力。

影は、俺のステータスを正確にコピーしているみたいだ。

となると……

「くっ⁉」

嫌な予感がした直後、影はファイアーボールを三発同時に唱えて、こちらに放ってきた。

～ Another Side ～

舞台の上では、レインと影が激戦を繰り広げていた。

まったく同じ能力を持つ二人が戦う。大きな力の差が出るということはなくて、ほぼほぼ互角の勝負だ。

それでも、あえていうのならば、わずかにレインが押されていた。

今まで戦ったことのない相手。

初めて戦うであろう、自分との戦闘。

その戸惑いが足枷《あしかせ》となり、レインの動きを鈍くさせていた。

「ふむ……レインが押されているみたいじゃな」

観戦するアルは、冷静に試合を分析した。

その意見には長も同じ感想を抱いたらしく、つまらなそうに鼻を鳴らす。

「ふん。所詮は人間ということか。己と戦うことになったくらいで心を乱すとは……未熟としかいいようがないな。少しは見どころがあるかと思ったが、間違いだったみたいだ」

「いや。自分と戦うことになれば、普通は、誰でも心を乱すぞ？」

長の辛辣な言葉に、アルはついついフォローを入れてしまう。

そんなアルのことを、長は睨みつける。

「アルはあの人間の味方なのか？」

「味方といえるか、微妙なところじゃが……まあ、娘達のお気に入りじゃからな。応援はしたくなるのう」

「ふん、つまらぬ感情にほだされおって」

「親が子を愛して、子が好く者を気に入る。自然の流れではないか？」

「戯言を」

そんな話をしている間も、舞台の上では戦闘が続いていた。

飢えた獣のように、影はしつこくレインを追いかける。

レインはそれに対処することができず、時々、影の攻撃を受けていた。

まだ、致命的な一打はもらっていないようだが、それも時間の問題のように思えた。

「ソラ、ルナ。お前達が主と呼ぶ人間は、大した力は持っていないみたいだな。この程度で追い詰められるとは……つまらん」

「おや。長は目が悪くなったのですか？　勝負はまだついていませんよ」

「時間の問題だろう」

「そんなことはないのだ。絶対にレインが勝つのだ」

ソラとルナは、舞台から目を逸らすことはない。じっと、己の主が戦う姿を見つめていた。

その瞳には、あふれるほどの信頼が宿っている。レインが負けるなどとは、欠片も考えていないみたいだ。

そのことに気がついた長は、ソラとルナのことを不思議に思った。

どうして、そこまでの信頼を寄せることができるのか？

いくら親しい間柄だとしても、レインが劣勢であるところを見せつけられれば、普通は、勝利を疑ってしまうものだ。欠片でも気持ちが揺らいでしまうものだ。

それなのに、ソラとルナは迷うことなく、レインの勝利を信じている。絶対に勝つと、信じて疑っていない様子だ。

どうして？

「……なぜ、そこまであの人間を信じることができる？」

「はい？」

「うん？」

ソラとルナがふくろうのように、顔だけを横に傾けた。

「どういうことですか？」

「どういうことなのだ？」

「とぼけるな。お前達は、あの人間の勝利を信じて疑っていないのだろう？　見ていればわかる。

なぜ、そこまで信じることができるのだ？」

「……おおっ」

「あぁ」

言われて初めて気がついた、というようにルナがぽんと手の平を打つ。

ソラもなるほど、と頷いていた。

「言われてみれば、長の言う通りなのだ。我は、レインの勝利をまるで疑っていないぞ。不思議だな、言われるまで気が付かなかったのだ」

「でもまあ……それは、ソラとルナにとっては普通のことかもしれませんね」

ソラとルナは、当たり前のことを口にするように言う。

世界の真理を語っているみたいな、他に答えがありえない事柄を説明するような、ごくごく当たり前のことを口にするように平然としていた。

そんな二人の態度に、長は困惑を覚えた。

なにがそこまで、この二人の思いを搔《か》き立てるというのか？

なにがあれば、そこまでの信頼を勝ち取ることができるのか？

ソラとルナはまだ幼いものの、精霊族の一員だ。人間は自分達とは相容れない存在であると教えられて育ち、里を出る前の二人は、そのことを疑うことなく信じていた。

それなのに今はどうだ？

レインを疑うどころか、百パーセントの信頼を寄せている。里にいた頃とは正反対だ。

いったい、なにがあったのか？

なにがあれば、ソラとルナをここまで変えてしまうのか？

長は興味を覚えた。

「……あの人間は、お前達にとって大事な存在なのか？」

「そうですね」

「うむ」

二人は迷うことなく頷いた。

長は改めて、ソラとルナがレインに抱く強い想いを知る。

「それは、あの人間がお前達を助けたからか？」

「それもありますが……それだけではありません」

「レインと一緒にいると、とても楽しいのだ！　それと、胸が温かくなるのだ。ぽかぽかするぞ」

「そうですね。ルナの言う通りです。とても心地いい気分になります」

「我は、これからもずっとずっと、レインの傍にいたいのだ！」

ソラとルナの言葉に、長は絶句した。

精霊族が完全に人間に懐いている。

いや、懐いているというレベルだろうか？

本人達はまだ自覚していないみたいだが、恋心を抱いている、といっても問題ない範囲かもしれない。

しかし、長は二人の想いを理解できない。

舞台の上で戦うレインは、未だ、自分の分身に追い詰められていた。そんな弱い存在に、どうして、ここまで心惹《ひ》かれるのだろうか？

二人が騙《だま》されている、と言われた方が納得できる。

どうしても理解できず、その理由を知りたいと思うようになった。

「どうして、そこまであの人間を信頼する？」

「理由を問われても……」

「そんなこと説明できないのだ」

「な、なんだと」

適当極まりない二人の返答に、長は唖然《あぜん》とした。

ただ、二人もわざとそんな答えをしているわけではない。

心の内を言葉にするなんてこと、とても難しいものだ。

「ああいう理由で、こういう理由で……そういう風に説明できるものなんですか？　ソラは違うと思います。言葉では説明できず、心で感じ取るもの……それが信頼ではないのですか？」

「ソラの言う通りなのだ。レインのことについて、あれこれと面倒なことを考えたことはないぞ。ただ単に、レインと一緒にいたいと、我は心から望んでいる。その一緒にいたいという想いこそが、我は信頼だと思うぞ」

「……」

ソラとルナの言葉に、長は沈黙した。

ややあって、舞台の上で戦い続けるレインに目を向ける。

「あの人間が、それほどまでの者だというのか……」

理解できないし、どうしても納得できない。

それでも……レイン・シュラウドという人間に対する興味が、少しずつ大きくなっていくのを感じていた。

◆

影と戦い始めて、どれくらい経っただろうか？

一分？　十分？　三十分？

時間の感覚が曖昧に。

それくらいに戦いは苛烈なもので、厳しいものだ。

「物質創造！」

ニーナと契約した力で火薬の塊を生み出した。

それを影に向けて投げつけて……

「ファイアーボール・マルチショット！」

魔法で点火。紅蓮《ぐれん》の炎と衝撃波が舞台の上で荒れ狂う。

これならどうだ？　と思うのだけど……なかなかうまくいかない。

「くっ」

土煙の向こうから、影が突進してきた。

あちこちが煤《すす》けているものの、致命的なダメージはないように見える。

色々な方法を試したっていうのに、なかなか効果的な方法を見つけることができない。

こいつは不死身だろうか？

本当に勝てるのだろうか？

思わず、弱気な一面が顔を覗かせてしまう。

と、その時だった。

「レイン、がんばってください！」

「がんばれなのだーっ！」

ソラとルナの声援が聞こえた。

たったそれだけのことだけど、俺の中の弱気は完全に消えた。仲間の声援が、俺にたくさんの力を与えてくれる。

そうだよな。この道を選んだのは俺なんだから、ここで諦めるわけにはいかないよな。

そんなかっこ悪いこと、できないよな。

「ふっ！」

気合を入れ直して、今度はこちらから影に突撃した。

真正面から激突すると、手と手を押し合うように、力比べをする形に。

「ぐっ。この……いい加減にしろっ！」

影の足を払い、体勢が崩れたところで投げ飛ばした。

「ファイアーボール・マルチショット！」

魔法で追い打ちをかける。

火球を三発、生み出して……そのうちの一発が、影を直撃する。それでもまだ影は倒れないが、今度はそれなりのダメージが通ったらしく、俊敏だった動きが完全に止まる。

この隙を逃すつもりはない。

素早く影に肉薄して、腹部に肘を叩き込む。そのまま拳を連打。

さらに、下から上へ跳ね上げるように、顎を蹴り上げた。

ぐらりと影が揺れる。

確実にダメージが蓄積されている様子だ。

「なんと⁉」

長の驚く声が聞こえた。

ここまで防戦一方だったから、突然の逆転劇に驚いたのかもしれない。

さあ……ここからは、俺の番だ。

「重力操作！」

回り込むように突撃してきた影の動きを、重力操作で止める。

通常の五倍の重圧をかけられた影は、目に見えて動きが鈍くなった。

今がチャンスだ。

「ファイアーボール・マルチショット！」

まずは距離をとり、火球を連射した。次々と爆発が起きて、炎の中に影が飲まれる。

それでもまだ安心はできない。俺と同じくらいしぶといのならば、まだまだだ。

案の定、炎の中を駆け抜けて影が飛び出してきた。

あちこちに傷を負っているはずなのに、その勢いは衰えない。人ではないから痛みを感じることはなく、勢いも鈍ることはない、ということだろうか。

なかなか反則的な存在だ。

でも、乗り越えてみせる！

「ブースト！」

身体能力を強化して、こちらから間合いを詰めた。

予想外の行動だったらしく、ここで初めて、影が動揺する素振りを見せた。

俺に続いて、身体能力を強化しようとするが……

「遅いっ！」

それを許すほど、俺は間抜けじゃない。

影の顔を蹴りつけて詠唱を妨害。さらに腕を極めて、全体重をかける。

鈍い音と嫌な手応えが伝わってきた。

「影とはいえ、気持ちいいものじゃないな」

とはいえ、手加減していられない。

影は腕を折られても諦めることなく、ゾンビのように食らいつこうとする。折れた腕さえも使い、殴りかかってくる。

このまま放っておいたら、こちらがやられてしまう。

なら……トドメを刺すだけだ。

「ふっ！」

スライディングをするようにして、影の両足を払った。

支えるものがなくなり、影が倒れる。

俺は素早く体を起こして、影の上に乗った。影の片手と片足を両足で踏みつけて、その動きを封じる。

そして……カムイを抜いて、影の背中に突き刺した。

刃が全部埋まるほどに、深い、致命的な傷を与えてやる。

ビクンッ、と影が一度、痙攣《けいれん》した。

それきり動かなくなり……やがて、どろりと溶けるように消える。

「……ふう」

しばらく様子を見てみるものの、復活する様子はない。

俺はカムイをしまい、そっと立ち上がる。

それから、観戦していた長の方へ向き直る。

「俺の勝ち……っていうことでいいですか？」

「う、む……」

長は驚きながらも、ゆっくりと頷いた。

「……つまらぬケチはつけん。人間、お前の勝ちを認めよう」

「よしっ」

小さくガッツポーズをした。

「にゃーっ、やったあああ！」

「さすがレインねっ」

「おめでとうございます」

「我は必ず勝つと信じていたぞ」

「怪我……して、ない？」

「やっぱ、レインの旦那はめっちゃ強いなー。さすがやでー」

みんなが口々に祝福してくれた。

そんなみんなに、軽く手を振り応える。

「……どうして、勝つことができた？」

長が静かに問いかけてきた。

「あれは、お前と同じ力を持っていた。性能で劣ることはない。そして、お前は動揺を見せて、最初は追い込まれていた。それなのに……」

「まあ、確かにその通りなんですけど……でも、ある程度すれば慣れてきましたからね」

「慣れた……だと？」

「戦っているうちに、相手の攻撃パターンとか思考とか、そういうものが見えてきたんですよ」

「……」

「確かに、あの影は俺と同等の力を持っていたかもしれない。でも、俺は『成長』することができる。戦いの中で成長して……それで、あの影を上回ることができた。そう考えると、納得の答えだと思いません？」

「そんなことが……」

「あとは……みんながいてくれたから、ですかね」

「それは、どういう意味だ？」

「正直なところ、気持ちで負けそうになった時があったんですよ。でも、みんなの声が届いた。だから、がんばることができた……そんな感じです」

「……なるほど」

長は、一度、目を大きくする。

そらから、なにか納得した様子で、小さくそう言った。

「もう一度、お前の名前を聞いておこう」

「レイン・シュラウド」

「ふむ」

なんだろう？

なにか、考え込んでいるみたいだけど……そういえば、アルさんも俺の名前を聞いて、不思議な反応を見せたな？

まあ、そのことはいいか。今は試練の結果が気になる。

「えっと……それで、試練は合格なんですよね？　器となるアイテムは……」

「ああ、そうだな。心配するな、約束は守る。準備をするから、先に戻っていてくれ」

「わかりました」

俺は一礼して、舞台から降りた。

～ Another Side ～

無事に試練を乗り越えたレインは、仲間達と一緒に笑顔で立ち去る。

アイテムを用意するのには多少の時間がかかる。それまでは里に滞在して、疲れを癒やすといい、という話をした。

レイン達は喜び、ソラとルナに案内されて客人用の家に向かう。

その後ろ姿を見ながら、長は先の戦いを思い返していた。

「戦いながら成長した……だと？」

そんなことはありえない。

戦いを糧にすることで、どんな生き物であれ、強くなることはできる。それは確かなことだ。

しかし、戦いながら成長するなんてこと、ありえない。そんな成長速度を持っているなんてこと、ありえない。

最強種や魔族などの強い力を持つ種族ならば、あるいは可能かもしれない。

しかし、大した力を持つことのない普通の人間ならば、そんなことはできない。

それができるのだとしたら、それはもう、『人間』という枠を越えている。

「いや……そうでもないか」

長は、とある可能性を見逃していたことに気がついた。戦いながら成長することができる。そんな驚異的な成長速度を持つ人間のことを知っていた。

遥《はる》か昔、神から力を授けてもらった一族のこと。他者の何倍、何十倍もの速度で伸びて、どこまでも成長していく者。

その一族の名前は……勇者。

「しかし、あの者は勇者ではないはず……いや、待てよ？」

長は忘れていた記憶を掘り返すことに成功する。

「あの人間、シュラウドと名乗っていたな？　確か、その家系は……」

その後の言葉は、誰にも聞かれることなく、誰にも届くことなく……長の胸の中に秘められた。

4章　過ぎ去りし日の夢

長が出した試練を無事に乗り越えることができた。

無事に認められたことで、俺達は封印に必要なアイテムをもらいうけて、そのまま里を後に……

というわけにはいかなかった。

伝説級のアイテムは厳重に管理されていて、簡単に持ち出すことはできないらしい。長の許可云々《うんぬん》の問題ではなくて、封印という物理的な問題があるらしい。

多重にかけられた封印を一つ一つ解く必要があるため、それなりに時間がかかるとのこと。

あと、色々と手続きも必要らしい。

まるでお役所だ。

アリオスに頼まれて『真実の盾』を持ち出した時は、相手が勇者ということで、その辺りの手続きも省略されたらしい。

ただ、今度は普通の人間が相手ということで、手続きを省略することはできず、ある程度の時間がかかってしまう。

それともう一つ、すぐに出発できない理由があった。

イリスを封印するための魔法を、ソラとルナが習得する時間が必要なのだ。

コーチはアルさんだ。

アルさんの話によると、本来は習得に一ヵ月ほどかかるらしいが、ソラとルナならば、一週間で習得できるだろうとのこと。二人は、それだけの才能があるらしい。

なので、最低でも一週間、精霊の里に滞在することに。

一週間も待たされてしまうなんて……仕方ないのかもしれないけど、もどかしい。

こうしている間に、イリスが活動を再開したら？

そして、手遅れになってしまったら？

そう考えると、いてもたってもいられなくなる。

「にゃー、レイン」

気がつくと、カナデが近くにいた。

声をかけられるまで、その存在にまるで気が付かなかった。あれこれと考えすぎて、思考の渦に囚われていたらしい。

「難しい顔しているね。イリスのことを考えているの？」

「ああ、そうだな」

「そういう理由じゃない、っていうのはわかってるんだけど……むー、ちょっとジェラシー」

「うん？　それ、どういう意味なんだ？」

「にゃ、にゃんでもないよ？」

カナデがあたふたと手を横に振る。

ここ最近、カナデの様子がおかしいいんだけど……よくわからないな？

訝《いぶか》しげな俺のことはさておいて、カナデは心配そうに言う。

「少しは落ち着いた方がいいよ。焦ってもいいことないし、今は待つしかないし」

「それはわかっているつもりなんだけど、どうしても……な」

「にゃあ……」

カナデが少し考えるような顔をした。

それから、なにかしら決意をするようにして、

「にゃあ！」

えいや、という感じで抱きついてきた。

「か、カナデ？」

「あうあう……えと、その……」

突然のことに驚いてしまうのだけど、むしろカナデの方が余裕のない気がした。顔を真っ赤にして、それでも、ぎゅっと抱きついている。

それは、俺の不安を鎮めるようなもので……

温もりを分け与えるようなもので……

少し恥ずかしくはあったけれど、不思議と心が落ち着いた。

「……どう、かな？」

「どう、って言われても……」

「落ち着いた？」

「少し」

「えへへ、よかった」

カナデがニッコリと笑う。

そうして体をくっつけたまま、懐かしそうな顔をして言う。

「小さい頃、雷が怖い時があって、ゴロゴロしてた時は不安だったんだけど……そんな時、お母さんにこうしてもらったことがあるんだ。そうしたら、すっごく落ち着くことができて」

「そうなのか」

「えと、あの……だ、だから！　レインにも落ち着いてほしくてこうしているだけで、へ、変な意味はないからね⁉　ないんだよ⁉」

「わかっているよ。妙な勘違いはしないから」

「むぅ……そうやって物分かりがよすぎるのもどうかと思うよ」

物分かりがいいのは良いことなのでは……？

「とにかく……ありがとうな、カナデ」

「にゃふぅ」

そっと離れて、カナデの頭を撫《な》でた。

カナデの尻尾が、うれしそうにゆらゆらと揺れる。

でも、その顔は長続きしないで、憂いを帯びた表情に変化する。

「……ねえ、レイン」

「うん？」

「これからがんばらないと、っていう時にこんなことを聞くのはダメダメだと思うんだけど……でも、どうしても確認しておきたくて。聞いてもいいかな？」

「なんだ？」

「もしも……どうしようもならなくなったら、その時はどうするの？」

カナデの問いかけは、俺の心の深いところに突き刺さる。

どうしようもないというのは、イリスに関することだろう。

イリスの封印に失敗したら？

力ずくで止めることもできなくなったら？

拘束することもできなくなったら？

ありとあらゆる手段が失われた時……その時、俺はどうすればいいのか。どうするのか。

カナデは、そのことを問いかけているのだろう。

「俺は……」

目を閉じて考える。

俺がとるべき行動は？

イリスをどうしたい？

どんな結末を迎えたい？

考えて、考えて、考えて……やっぱりというべきか、俺の答えは変わらない。

最初から一つだった。

「それでも俺は、諦めないよ」

目を開いて、ハッキリと言う。

「にゃー……レイン」

「この命を賭けて、イリスを止めてみせる。イリスを殺す以外の選択肢を選び、摑《つか》み取ってみせる。それは、最後の最後まで諦めない。動けなくなるその時まで、最後の時まで……抗ってみせる。俺は……イリスを助けたいんだ。ひどい思い出ばかりを積み重ねてきて、絶望ばかり味わってきて……そんな人生なんてあまりにもひどいだろう？　そうやって……いつか、イリスの心からの笑顔を見ることができたらな、って思っているよ。それが俺の答えだ」

言葉にすることで、不思議と覚悟が決まった。

本来ならば、いざという時は殺すことを覚悟しないといけないのかもしれない。

でも、それは逃げではないだろうか？　助けると誓ったはずなのに、土壇場で方針を転換するなんて……一貫した行動じゃない、芯がブレている。

そんなことにならないように……

この想いを貫くことができるように……

俺は、今、ハッキリと心を定めた。

「甘いと思うか？」

「にゃー♪　ううん、それでこそレインだよ」

カナデは自分のことのように、うれしそうに笑うのだった。

◆

時間はあっという間に過ぎ去る。

ソラとルナが言っていたように、アルさんはかなりの発言力を持っているらしい。伝説のアイテムの貸し出し手続きを、普段の何倍もの速度でしてくれて……そして、無事に承認された。

渋る精霊族もいたらしいが、アルさんだけではなくて長も認めているため、明確に反対されることはなかったらしい。

アイテムの方は準備完了。

封印魔法の方は、ソラとルナががんばってくれたおかげで、六日で習得することができた。

イリスを助けるために、と二人は言っていたけれど……でも、俺のことも気にかけていることがよくわかり、本当、感謝しかない。

これで全ての準備は終わり。

ただ、ソラとルナは疲労が溜《た》まっているため、一日、休みをとることにした。

そして、夜。

出発を明日に控えて、まだ早い時間だけど、みんなはベッドに移動した。

そんな中、俺は一人、アルさんの家に。

「どうじゃ？　うまいじゃろう？」

「えっと……はあ、おいしいです」

俺の手には、木で作られたコップ。アルさんの手にもコップ。その中身は、酒だ。

一杯、晩酌に付き合えと言われて足を運んだのだけど、これでもう何杯目だろうか？　俺は三杯目。アルさんは……十を超えたところから数えるのをやめた。

「あの……俺、そろそろ寝ようと思うんですけど」

「なんじゃと？　かよわい妾《わらわ》を一人置いて、床に入るというのか？」

「は、はい」

「……一緒に寝るか？」

「ごほっ⁉」

「くふふ、反応が初々しいのう」

さっきから寝ようとしているのだけど、こんな調子でうやむやにされてしまい、部屋を後にできないでいた。

出発は明日だから、こんなことをしている場合じゃないんだけどな。まいった。

「そう慌てるでない」

「え？」

心を見透かされたかのような発言に、思わずドキリとしてしまう。

「妾の酒は普通のものじゃが、レインが飲んでいるものは、滋養強壮の効果もある。多少、飲んでおいた方が、かえってぐっすり眠れて体を休めることができるのじゃ」

「それじゃあ、俺のために？」

「まあ、妾が楽しみたいというのもあるけどな。ほれ」

「っととと」

アルさんに酒を注がれて、四杯目に突入してしまう。

しかし、悪酔いしている感じはないし、逆にどこかスッキリしている。滋養強壮効果があるというのは、本当の話なのだろう。

「もしかして、なんですけど」

「うん？　なんじゃ？」

「……なにか、話があったりします？」

よく眠らせるためだけに、こんなことをするとは思えない。

アルさんは、なにかしら用事があるのではないか？　と考える方が自然だ。

その推測は正しかったらしく、アルさんはニヤリと笑う。

「まあのう。ちと、レインに話しておきたいことがあるのじゃ」

「それは……イリスに関することですか？」

「うむ。お主がこれから成し遂げようとしていること、妾なりに応援したいと思うてな。多忙故に妾の力を貸すわけにはいかぬが、情報を事前に渡すくらいはできる」

「情報……ですか？」

「うむ。イリスに関する情報……というか、あやつの過去じゃな」

イリスの過去ならば、本人の口から聞いた。

アルさんは、まだ語られていない過去を知っているというのだろうか？

「ああ、期待するでないぞ。イリスの弱点とか重大な情報とか、そういうのは知らん」

「そうなんですか……」

「じゃが、イリスの日常なら知っておる」

それは……普段のイリスがどんなことをしているのか、どんな風に過ごしているのか……そんな感じの話なのだろうか？

「過去のイリスの日常……興味ないか？」

「ものすごくありますけど……」

本人に無断でそんな話を聞いてもいいものか？

迷う。

でも……もしかしたら、説得する突破口を見つけることができるかもしれない。

今は一つでも情報が欲しい。俺は酒を一口飲み、アルさんの話を聞く体勢に。

そんな俺を見ると、アルさんはニヤリと笑い、酒を飲みながら言葉を続ける。

「それほど深い付き合いではないが、妾は暴走する前のイリスと何度か顔を合わせていてのう。それはそれは、おしとやかで気弱な女の子じゃったよ」

「……気弱？」

おしとやかという部分は納得できるものの、気弱という部分には納得できない。

イリスは礼儀正しいものの、その内に秘めた意志は刃のように鋭く、鋼鉄のように固い。

間違っても気弱ではないと思うんだけど、どういうことだろう？

「暴走する前のイリスは、気弱なところがあったんじゃよ。色々とあって……あのような性格になってしまったんじゃろうな」

「なるほど……」

納得の話だ。

あれだけひどい目に遭わされたのならば、否が応でも心が鍛えられるだろう。

できることなら、そんな成長はしてほしくなかったが。

「妾がするのは、イリスが気弱な頃の話じゃ。役に立つかどうか、それはわからぬが……まあ、酒の席の戯言と思って聞くがいい。相手を理解することは必要じゃ」

「はい」

～ Another Side ～

イリスは花を愛でて、動物と一緒に遊ぶ心優しい女の子だった。

それでいて、虫が苦手。

花を手入れする最中にミミズを見つけてしまい、悲鳴をあげて失神してしまう……なんてことは多々あった。

イリスの家族や友人達は、情けないと呆《あき》れつつも、同時に微笑ましくも思っていた。彼女の愛らしさに、皆、心を奪われていたのだ。


イリスは優しい同族達に囲まれて、穏やかな日々を過ごしていた。

そんなある日のこと。

イリスは、勇者と名乗る女性と出会った。天族の里を訪れていた勇者の案内役としてイリスが選ばれたのだ。

勇者といえば、世界の命運を左右するような存在だ。

粗相をしてしまったらどうしよう？　自分がそんな大役を引き受けていいのだろうか？

イリスはガチガチに緊張しつつ、勇者を案内して……結果、大失敗してしまう。お茶を運ぶ最中に盛大に転んでしまい、勇者の頭にかけてしまったのだ。

勇者になんてことを。

誰もが慌てる中……勇者は怒るわけでもなく、優しく笑い、イリスの粗相を簡単に許してくれた。

その日から、イリスは勇者のことが気になるようになった。

なんで怒らなかったのだろう？

なんで優しくしてくれたのだろう？

あれこれと考えて、普段の仕事が手につかないほどだった。

そんな状態でも、花の手入れはキッチリと行う。

その時だった。

「綺麗《きれい》ね。これは、あなたがお世話をしているの？」

気がつけば勇者が花壇にいて、そんな風に話しかけてきたのだ。

イリスはガチガチに緊張しつつ、なんとか自分が世話をしていることを伝えた。

すると、勇者は感心したように頷《うなず》いて、その後、

「こんなに綺麗な花を育てられるなんて、あなたはとてもすごいのね」

にっこりと、優しく微笑むのだった。

その笑顔に、同性でありながら、イリスはついつい見惚《みと》れてしまう。それだけの魅力があり、視線を外すことができなかった。

その日から、イリスは勇者に強い興味を持つように。

もっと色々な話がしたい。もっと色々なことを知りたい。もっと色々な表情を見たい。

そして……もっとたくさんの笑顔が見たい。

毎日毎日、イリスは勇者のところへ通う。周囲の大人達は勇者に迷惑をかけてはいけないと、あまりいい顔はしなかった。

しかし勇者はそんなことはなくて、むしろ、イリスが来るのを歓迎していた。

勇者もまた、イリスの優しいところに興味を覚えていたのだ。

こうして、二人の交流は始まる。

特に約束はしていないのだけど、毎日花壇の前で顔を合わせて、なんてことのない話を笑顔でする。穏やかで幸せな時間だった。


勇者に影響される形で、イリスは少しずつ活発になっていった。

自分の意見をちゃんと主張するように。苦手な虫を見ても気絶しないように。時に、同世代の男の子にいじわるされても屈しないように。

そしてなによりも、よく笑うようになった。その笑顔は今まで以上に輝いていて、誰もが魅了されたという。

イリスは勇者に感謝して、これからも一緒にいることを願った。

しかし、幸せな時間は長くは続かない。

魔王が復活して、活動期に入ったことで、世界は混沌《こんとん》とした時代へ。

勇者は生きて帰れるかわからない戦いへ赴くことになり、そのことでイリスは心をひどく痛めた。

そして、決戦前夜。

勇者とイリスは夜にこっそりと会い、一つの約束をする。

「明日、どうなるかわからないから……だから、今夜、会うことができてよかったわ」

「そのような弱気なことをおっしゃらないでください。絶対に帰ると、誓ってくれませんか？」

「……ごめんね。それは難しいかも」

「そ、そんなことは……！　勇者様のお力ならば、きっと……！」

「絶対に魔王を倒す。そして、私も無事に帰ってくる……って言いたいんだけどね。でも、魔王は想像を絶する化け物だから……ごめん。約束はできない」

「そんな……」

「でも、別の約束はするわ」

「別の……？」

「あなたのことは忘れない」

「あ……」

イリスは勇者に抱きしめられた。

ぎゅっと、力強く……それでいて優しく抱きしめられた。

「イリスの声、イリスの笑顔、イリスの心……絶対に忘れないって、そう約束するわ」

「……わたくしも」

イリスも勇者を抱きしめ返す。

「あなたさまのことは、絶対に忘れません。この温もり……心の奥底にきちんとしまい、ずっとずっと、大切にしていきたいと思います」

「うん、ありがとう。それともう一つ、約束じゃないんだけど、お願いがあって……笑顔をみせてくれる？」

「……こう、ですか？」

「ありがとう。やっぱり、イリスの笑顔は綺麗ね」

イリスは涙を我慢して、勇者が望むように、にこりと笑顔を浮かべるのだった。

◆

「……以上が、妾の知るイリスの過去じゃ。いつだったか、こんな話を聞いたことがあってな」

「そんなことが……」

また一つ、イリスの過去を知ることができた。

イリスの暴走を止めることに役立つ情報かどうか、正直なところ、それは怪しい。ただ、知ることができてよかったと思う。

この話を知るのと知らないのとでは、イリスに対する見方がまるで違う。

イリスは、決して昔から、生まれた時から人を憎んでいるわけじゃない。事件が起きる前は、一緒に笑い合うことができていた。

その具体的な話を知ることができたおかげで、今まで以上に、絶対になんとかしないと、という気持ちになる。

「ありがとうございます。とても貴重な話でした」

「なにかの役に立つのなら、妾も話した甲斐《かい》があったというものじゃ」

じっと、アルさんがこちらを見つめてきた。

「ふむ……こころなしか、さきほどよりも良い顔になったのう」

「今まで以上に覚悟が定まった、っていう感じですかね」

「それはいいことじゃ。それにしても……」

ぐいっと、アルさんがさらに顔を近づけてきた。

そのまま俺の顔を……というよりは、瞳を覗《のぞ》き込んでくる。

「イリスは、レインのことを気に入っている、と言っていたのじゃな？」

「え？　はい、そうですけど……それが？」

「もしかしたら、その瞳に惹《ひ》かれたのかもしれぬな」

「瞳……ですか？」

「勇者と同じように、とてもまっすぐな瞳をしておるのじゃ。そんなレインじゃからこそ、イリスも心を許したのじゃろうな」

イリスが俺を気に入るという理由がわからなかったのだけど、そういう理由があったのか。

それは、イリスが俺の見た目ではなくて、心を見てくれたという証。

素直にうれしいと思う。

「レインよ」

「はい」

「お主に任せるというようなことを言ったが……実のところ、妾はそれなりの立場のため、気軽に里を離れることができぬ。本来ならば、お主が断ろうが力を貸したいところではあるが、それができぬのじゃ。故に、頼む。イリスを……助けてやってくれ。暗い世界から連れ出して、光を感じさせてやってほしいのじゃ」

「任せてください」

決意を表明するように、俺はしっかりと頷いてみせるのだった。

5章　譲れない道

精霊族の里を出る日が訪れる。

ソラとルナは、無事に魔法を習得して……それと、長からアイテムを借りることができた。

『真紅の涙』。

深く透き通るような赤の宝石だ。ただの宝石ではなくて、魔法の触媒として使われるものらしい。

これならばイリスを封印する器として問題ないだろう、と太鼓判を押された。

封印魔法を覚えて、それに必要な器も手に入れた。これで準備は万全だ。

「ありがとうございました」

里と外を繋《つな》ぐ出入り口へ移動した後、見送りに来てくれたアルさんと長に頭を下げる。

「妾《わらわ》はついていくことはできぬが……お主らならば、無事にやり遂げることができるじゃろう。健闘を祈っておるぞ」

「人間がどうなろうと構わないが……まあ、せいぜいがんばるといい。精霊族の里の宝を持ち出すのだから、それなりの成果を出してもらわないとな」

「はい」

長の言葉はちょっとひねくれているが、彼なりの激励なのだろう。

絶対に達成しなければと、やる気が出てきた。

「必ず、イリスを止めてみせます」

「うむ、その意気じゃ！」

アルさんの言葉に見送られるように、俺たちは精霊の里を後に……

「……レインと言ったな」

後にしようとしたところで、長に声をかけられて足を止める。

「はい？」

「己の立ち位置を見失ったのならば、もう一度、この里を訪れるがいい。その時に抱いているであろうお前の疑問に答えてやれるかもしれぬ」

「えっと……それは、どういう？」

「わからないのならば、今はその時ではないということだ。ただ、この言葉を覚えておけばいい」

自分の立ち位置を見失う……か。

それは、どういう状況なのだろう？

よくわからないが、精霊族の長の言葉だ。きっと、なにかしら深い意味があるのだろう。

俺は、その言葉をしっかりと胸に刻み込んだ。

◆

精霊の里を後にした俺達は、パゴスの村跡に戻ってきた。

一週間、精霊族の里にいたせいか、久しぶりの外が懐かしく感じる。

「んーっ、なんか久しぶりな感じ」

カナデがぐぐっと背伸びをした。

他のみんなも似たような感じで、久しぶりの空気を肌で感じている。

「これからどうするんや？」

「もちろん、イリスを封印する」

「でも、イリスはどこにいるのかしら？」

タニアはそう言いながら、軽く周囲を見回した。

無論、イリスが見つかることはない。

荒れ果てた家屋が並ぶだけで、俺達以外の人影はない。

「まだどこかに隠れているのかしら？」

「どうだろうな……あれから一週間以上経つから、動き出していてもおかしくない気がする」

以前戦った時に、それなりの傷を負わせることに成功した。

ただ、イリスほどの力を持つ最強種ならば、一週間で怪我は完治してしまいそうだ。

そう考えると、すでに活動を再開していてもおかしくない。

やっぱり、あまり時間はないと考えた方がいいな。

「とりあえず、ジスの村へ行ってみよう。今は、あそこが最前線になっているはずだから……色々と詳しい状況を聞けるはずだ」

「そうね」

「みんなもそれでいいか？」

「らじゃー！」

カナデを始め、みんなが頷《うなず》いてくれた。

賛成が得られたところで、ジスの村へ向かう。


数日でジスの村へ到着した。

村は以前と変わりなく……いや。

「人が少ない……？」

ジスの村人と、こちらに避難したパゴスの村人達の姿が見える。それ以外には、ちらほらと冒険者が。

ただ、討伐隊らしき人々が見当たらない。

あれだけの数だ。その全てが家の中に収まるはずもなく、外で野営をしているはずなのだけど、テントが見当たらない。最初からなかったかのように、全て撤去されていた。

嫌な予感がする。

「悪い、ちょっといいか？」

村の入り口で番人をしている冒険者に声をかけた。

「イリスの……悪魔の討伐隊がここに来ていただろう？　彼らはどこに？」

「ん？　あんた、知らないのか？」

冒険者の口から、恐れていた話が飛び出る。

「ここから東に行ったところに遺跡があるんだが……そこに悪魔が潜んでいることが判明したんだよ。討伐隊は悪魔を倒すために、村を出ていったよ」

やっぱり、そういうことになっていたか。

望まない展開になっていることに、ついつい舌打ちをしてしまいそうになる。

「それはいつのことだ⁉」

「え？　半日くらい前のことだけど……」

「そっか……ありがとう、教えてくれて助かった！」

話を切り上げて、みんなのところへ戻る。

「イリスは見つかった？」

「東の遺跡にいるらしい。ただ、討伐隊も半日の差ですでに出発したみたいだ」

タニアの問いかけに、俺は焦りを含めながら、そう答えた。

「わわっ、それ、大変だよ！　にゃうー」

「ここ、から……遺跡まで、どれくらい？」

「以前、聞き込みの際に聞いたことあるけど、一日ほどらしいで」

ニーナの質問に、ティナがヤカンの蓋をパカパカさせながら答えた。

「一日、なら……まだ、間に合う……ね」

「うんっ、急げばなんとかなるかも！」

「ただ、追いつくための手段がないぞ？」

「使うとしたら、馬車でしょうか？　しかし、討伐隊も馬を使っているでしょうし……精霊族の里の転移門が近くにあればよかったんですが」

「レインの旦那は、なんかものすごいスピード出る動物を使役したりできんの？」

「できなくはないけど……」

「できるんや……」

「ただ、その動物がこの近くにいるかどうか。探すだけで、それなりの時間をとられてしまうからな」

みんなで話し合うけれど、なかなか良い方法が思い浮かばない。

そうしている間にも時間は流れていく。

「んー……まあ、この際、仕方ないか。みんな、とりあえず村の外へ」

なにか思いついたらしく、タニアがそんなことを言う。

「なにか考えが？」

「まあね。馬車代わりにされるとかイヤだから、あまり気乗りしないんだけど……この際、文句は言ってられないわね」

「どういうことだ？」

「説明は後。とにかく、人目のないところへ」

タニアに促されて、俺達は人目につかない村の外へ移動した。

「にゃー、どうするの？」

「こうするのよ」

タニアの体が輝いて、光に包まれる。

その光はどんどん大きくなり、光が弾けた時、巨大なドラゴンが俺達の目の前に現れた。

「にゃー……タニアなの？」

「その姿、かなり久しぶりに見るな」

「感想とかは後で。それよりも、みんな、あたしの背中に乗って！」

タニアが吠《ほ》えるように言った。

「なるほどです。タニアに乗って、空を飛んでいくわけですね。これならば、討伐隊に追いつくことが……いえ、追い抜かすことができますね」

「しかし……むう、乗りにくいな。タニアよ。座席とかついていないのか？」

「あたしは馬車じゃないのよ。もう、だからイヤだったのよ」

「悪い、イヤなことをさせて。でも、今はタニアだけが頼りなんだ。力を貸してくれないか？」

「あ、あたしだけが頼りとか……もう、レインってば、いつの間にか口がうまくなっているんだから。ふふんっ、今回だけ特別なんだからね。ほら、みんな乗って」

ソラとルナがさっそくタニアの背中によじのぼる。

続けて、ニーナとティナが。

それから俺が乗り、最後にカナデがタニアの背に。

「みんな、しっかり掴《つか》まってなさいよ！」

タニアが巨大な翼を羽ばたかせて、一気に空に飛び上がる。

ジスの村が小さく見えるほどに上昇すると、角度を変えて、急発進。東に向けて一直線に飛んでいく。

「っ」

速い。

風を裂いて飛んでいるみたいで、気を抜いたら放り出されてしまいそうだ。

でも、これだけの速度があれば、討伐隊に追いつくことは不可能じゃない。

わずかな希望が見えてきた。

「タニア、頼むっ！」

「ふふーんっ、任せておきなさい！」

「うにゃにゃにゃっ⁉」

タニアは巨大な翼を水平にして、さらに速度を上げた。

ちゃんと掴まっていなかったらしく、カナデが吹き飛ばされそうに。

慌ててその手を掴む。

「大丈夫か？」

「う、うん、大丈夫だよ。っていうか……あわわわっ、て、手が……⁉」

「どうしたんだ、カナデ？」

「う、ううんっ、にゃんでもないよ、にゃんでも⁉」

「……色ボケ猫」

タニアがよくわからないことをつぶやくが、今はそのことを尋ねているヒマはない。

飛行の邪魔にならないように、しっかりと掴まり、じっとしていなければ。


タニアの背に乗り、空を飛び、どれくらい経っただろうか？

一時間くらいは飛んでいると思うが、未だに討伐隊の姿は見えない。

「むう……まだ討伐隊に追いつけぬのか？　けっこう飛んでいると思うのだ」

「焦りは禁物ですよ。心を落ち着かせていないと、いざという時、とんでもないミスをするかもしれません」

「ルナが心を落ち着かせるとか、わりと無理やない？」

「うむ、我もそう思うのだ」

「自分で認めた⁉」

「……ははっ」

こんな時でも、みんなはいつも通り。

そんな姿に、ついつい笑ってしまう。

こういう時は、リーダーである俺がしっかりしないといけないいんだけど、でも、みんなに甘えてしまう。

いけないいな、と思うのだけど……でも、これはこれで、仲間としての正しい姿なのかもしれないな。一人で気負う必要はなくて、みんなで分かち合えばいい。

「でも、さすがにそろそろ追いつくと思うわ。みんな、いつでも戦えるように準備しておいてね」

「戦うの？　封印するんじゃないの？」

「おとなしく封印されてくれないだろうからな……拘束するために、戦う必要はあると思う」

「にゃるほど」

「なにか見つけたら、あたしからもすぐに合図を……っ⁉　みんな、しっかり掴まって！」

タニアは危機感を含んだ声で、そう警告してきた。

反射的に、みんなはタニアの鱗《うろこ》にしっかりとしがみつく。

タニアは大きく翼を羽ばたかせると、体を真横に傾けるようにして急旋回した。

その直後……さっきまでいた場所を、高速で光の線が駆け抜けていく。

「にゃ、にゃにが起きたの⁉」

「あれは……！」

視線を下に向けると、アクスとセルの姿が見えた。

タニアが上空で円を描くように旋回した。

それを追うように、光の線が地上から追いかけてくる。

重力が逆転したように、下から上へ。セルの弓から次々と光の線が放たれて、俺達を執拗《しつよう》に狙う。

あんな技があるなんて聞いていない。

セル特有のスキルか、あるいは特殊な力を持つ武器を所持しているのか。どちらにしても厄介極まりない。

「タニア、一度、着地した方がいい。このままだと良い的だ！」

「なによ、あいつ！」

「了解！」

タニアは大きく距離をとり、セルの弓の射程範囲外に逃れた。

そこで俺達を降ろして、再び人の姿に戻る。

そうこうしている間に、アクスとセルが距離を詰めてきた。

声が届く範囲まで来たところで、一度足を止める。ただ、武器は構えたまま。

「いきなりご挨拶だな」

二人を警戒しながら、そう言葉を投げかけた。

「悪いな。いきなりドラゴンが現れたから、つい、驚いて攻撃しちまった」

「弓を撃ったのは私だけどね」

「……それ、ホントか？」

「どういう意味だ？」

「つい、で攻撃するにしては、大胆すぎないか？」

なにしろ、相手はドラゴンなのだ。普通にこの辺りを飛んでいただけかもしれないし、見かけたから攻撃をしかける、なんてことをしていたら体が保たない。普通は様子を見る。

それをしなかったということは、アクスとセルは、俺達であるということを理解していながら攻撃をした……という可能性がある。

そんなことを考えた俺は、二人を警戒する。

そして……その考えは的中することに。

アクスが苦笑した。

「やれやれ。相変わらず勘の鋭いヤツだな。その目、俺らがレイン達がいるって理解していながら攻撃した、って考えているな？」

「答えは、そのとおりよ」

「やけにあっさりと認めるんだな」

「下手なごまかしはきかないだろうからな」

「どうして、そんなことをしたのかしら？」

タニアは二人を睨《にら》みつけながら、問いかけた。

その眼圧に負けず、アクスは静かに答える。

「お前らが向かっていた方向に、例の悪魔が潜伏してる……そこに向かっているってことは、悪魔を封印する方法を見つけたんだな？」

「ああ、そうだ」

「やっぱりか。まあ、あんなことを言って別れたから、封印方法を見つけないうちに突撃することはないと思ってたが……まさか、この短期間で見つけるとはな。大したやつだよ、お前達は」

「で……二人は俺達の邪魔をする、ってことでいいのか？」

「そうね」

セルは静かに……本当に静かな声で頷いた。

「この前も言ったけれど、上は悪魔を討伐するという決定を出したわ。封印するという選択肢は消えたの」

「なあ、わかるだろ？」

アクスが、これが最後というように、願うような表情をしながら語りかけてくる。

「封印なんてしても、今回みたいにいずれ破られる。あの悪魔が解放される。そんなことになったら意味がねえ。後世に憂いを残すわけにはいかねえんだ。ここでケリをつけなくちゃならない」

「だから、殺すのか？」

「そうだ」

アクスは迷うことなく頷いた。

「レインが悪魔に同情するのはわかるぜ。正直言うと、俺もちょっとは同情してる。でもな。過去にひどいことされたからって、今の人間に八つ当たりするのは違うだろ？」

「……」

「あいつは過去に何人も殺しただろうな。欲望のまま、憎悪のまま、殺した。それは、これからも変わらねえさ。見ればわかる、もう止まらねえ」

「……」

「憎しみってもんは、時間が癒やしてくれることはねえよ。ずっとずっと、持ち続けるものなんだ。少なくとも俺はそう思う。だから、俺達にできることなんてない。人間である俺達にできることなんて、ないんだよ。唯一、できるとしたら……あいつを殺して、止めてやることだけだ」

アクスの言うことは正しい、圧倒的なまでの正論だ。

人を守るための行動を実践しようとしていて、それでいて、イリスのことも考えている。

どちらが正しいかといえば、アクスになる。俺のやっていることは、単なるわがままでありエゴでしかない。

でも。

それでも俺は、自分の信じる道を進むと決めたから。

「俺は納得できない」

「お前っ」

「俺達、人が蒔《ま》いた種だ。それなのに今になって、自分達の都合で死んでくれなんて……あまりに身勝手じゃないか」

「それは仕方ないだろう！　あいつは、過去に何人も殺しているんだ！　これからも、何人も殺していくぞ！」

「そうさせないために、俺は、イリスを封印する」

「だから！　そんなことをしても、いずれあいつは解放されるんだぞ⁉　ただのその場しのぎにすぎねえんだよ！　甘いこと言ってるんじゃねえ！　いつまでも青臭い理想論、語ってるんじゃねえぞ！」

アクスが激高する。

一時とはいえ、仲間だったアクスに、そんな目を向けられることは辛い。

だけど、俺はもう決めたから。

「わがまま、だっていうことはわかっている。俺のエゴだ。でも、イリスを殺して……これ以上、さらに被害者を増やして、罪を重ねて手を血で染めて……そんなことをしたら、俺はもう、笑うことなんてできない。知った以上は、知らないフリはできない」

「っ」

「まっすぐに生きていくことなんてできない。殺されたから殺して……それが正しいことなんて、どうしても思えない。甘いさ。青臭い理想論さ。でも、それの何が悪い？」

「お前……」

「簡単に諦めて、殺すなんて選択肢を選ぶよりは、よっぽどマシだ！　これ以上、誰かが泣くところを……誰かが死ぬところを見たくないんだよっ！　たとえ、それがイリスであろうとも！　だから助けるんだよ！」

叫ぶようにしながら、胸の内に抱えていた本心をぶちまけた。

わかってくれるとは思っていない。ただ、なにも知らずに、このまま……ということだけはイヤだった。

イリスを殺すことが正しい？

答えは、イエスだ。

でも、それは人にとっての正解で……イリスからしてみれば、とんでもない大外れということになる。

そして、俺からしてみても不正解だ。

結局のところ、何が正しくて何が間違っているのかなんて、個人の裁量にすぎないのだ。

絶対的な正義なんてものはない。

圧倒的に正しい答えなんてものはない。

ならば。

俺は、俺が信じた道を行く。

「あーもうっ、お前っていうヤツは……！」

アクスがもどかしそうに、がしがしと頭をかいた。

そんな相棒を見て、セルが弓と矢を手に取る。

「セル……？」

「事前に言ったでしょう？　レイン達を説得することはできない、って」

セルの声は、どこまでも落ち着いていた。

ただ、感情がないのではなくて、ひたすらに隠しているような印象を受ける。

「レイン、あなたの言い分は理解したわ。聞くまでもないだろうけど……他のみんなも、レインと同じ気持ちなのね」

「もちろんだよ！」

「ええ、そうなるわね」

「ソラは、イリスを助けたいと思います」

「我は、我のやりたいようにやるぞ」

「私……このままなんて、いけないと思う」

「ウチは、レインの旦那に従うで」

みんな、次々に同意を示してくれた。

そんなみんなを見て、セルはわずかに微笑み……次いで、厳しい表情を作る。

「わかった、アクス？　レイン達を説得することは不可能なのよ。私達と同じように、レイン達も確固たる決意を持ってこの場に立っているの」

「……んなこと、わかってるさ」

「ならいいのだけど」

そう言って、セルはこちらに視線を戻す。

そのまま、さらりと重要なことを口にする。

「隠し事は好きじゃないの。素直に言うと、私達はレイン達の足止めに来たわ」

「それは……」

「安心して。上に今回のことは報告していないわ」

「そう……なのか？」

「決着は、私達だけでつけるべきだと思うから」

「……そうか」

「さて、どうしましょうか？」

「決まっている」

本当は、こんなことはしたくない。

でも、それ以外に道がないというのならば、突き進むだけだ。

その意思表明をするかのように、俺はゆっくりとカムイを構えた。

「二人が邪魔をするというのなら、強引にでも押し通らせてもらう」

「やっぱり、そうなるのね……」

セルは、わずかに悲しそうな顔になる。

でも、次の瞬間には、いつもの冷静な顔に戻っていた。

「互いに譲れないものがあるのならば……ここで、どちらが正しいか、力で決めましょう」

セルは弓を構えた。

「悪いが、手加減はしねえからな。死んでも恨むなよ」

アクスが剣を構えた。

「それは俺のセリフだ。みんな、準備はいいか？」

「にゃー……レイン、本当にやるの？」

「ここで退いてくれるような二人じゃない。辛いなら、カナデは下がっていても……」

「……ううん、やるよ。レインにばかり、辛いことを押し付けることはできないからね！」

カナデも構えた。

それに続いて、みんなも攻撃準備に入る。

そして……意味がないようである戦いが始まる。


数はこちらの方が上だ。うぬぼれているわけではないが、地力でも勝っていると思う。

普通、最強種に勝てる人なんていない。

それなのに、俺達は苦戦を強いられていた。

「はぁっ！」

「くっ⁉」

突貫してくると同時に、アクスは剣を抜いた。わずかに湾曲した刃が、高速で迫る。カナデと契約したこの身でも、気を抜けば見落としてしまいそうだ。

カムイを盾のように使用して、なんとか受け止める。

「うにゃ！」

「くらいなさいっ！」

俺が攻撃を受け止めている間に、カナデとタニアが飛びかかる。

しかし、アクスの動きは速い。即座に攻撃目標を俺から二人に変更して、再び神速の攻撃を見舞う。

とんでもない反応速度だ。戦いの最中であり、今は敵なのだけど、その技量についつい感心してしまう。

「このっ！」

カナデは宙を蹴り、攻撃を中断して回避行動に移る。

「舐《な》めないで！」

タニアは、そのまま攻撃を続けた。アクスの斬撃を上体を逸らすことで避けて、距離を詰める。

そして攻撃。

拳、脚、尻尾。三連撃を繰り出した。

「それは俺のセリフだ！」

アクスは、タニアの攻撃を全て避けてみせた。

その上で、きっちりと反撃を繰り出してくる。

「くっ」

わずかに逃げ遅れて、タニアの前髪が切れる。

あと少し逃げるのが遅れていたら……と、ゾッとしてしまう。

「レイン、カナデ、タニア！」

「そこをどくのだ！」

ソラとルナの声に反応して、俺達は一斉に飛び退いた。

「『フラッシュインパクト‼』」

ソラとルナの魔法が同時に炸裂《さくれつ》した。光が弾けて、閃光《せんこう》がアクスを包み込む。

決まりだ。

ある程度、手加減はしているだろうけど、ソラとルナの魔法に耐えられるわけがない。

続けてセルを……

「まだまだぁ！」

「なっ⁉」

粉塵《ふんじん》を切り払うようにしつつ、アクスが飛び出してきた。

「あれを食らって、まだ意識を保っているんですか⁉」

「気合で我慢した！」

「そんなの反則なのだ！　我は精神論は好かないぞ⁉」

アクスがソラとルナに迫る。

これ以上魔法を使われないように、二人を潰しておこう、という考えなのだろう。

アクスが耐えたことは予想外ではあるが、これ以上、うまくいくとは思わないでほしい。

「んっ！」

ニーナがソラとルナに触れて、転移で上空に逃れるのだけど……

「ふぁ⁉」

それを読んでいたかのように、セルが矢を放つ。

風を切り裂くように飛ぶ矢が三人を襲う。

「甘いで！」

ティナの声が響いて、矢が明後日の方向に飛んでいく。幽霊としての力を使い、矢の軌道を逸らしたのだろう。

しかし……それがどうした？　とでも言うように、セルは矢を連射する。

一度に三本の矢を構えて、それを正確無比な射撃で放ち、即座に充塡して……それを繰り返す。

とんでもない連射速度と精密さだ。まるで、戦争で使われる兵器のよう。

ソラとルナが防御魔法を展開して、ニーナが転移を繰り返して、ティナが矢の軌道を逸らす。そうして防いでいるものの、それが精一杯で、反撃に出ることができないでいる。

「おらおらっ、仲間の援護は封じさせてもらったぜ！」

「さすがにやるな！」

剣を己の手のように操り、近接戦闘に特化したアクスは、最強種並みの力を持っている。近接戦闘に限り、その力は計り知れないものがあった。

距離を取ればいいのかもしれないが、そうすると、今度はセルの射撃の餌食にされてしまうだろう。恐ろしいほど正確無比な一撃は、俺だけでは避けることが難しい。

これがAランク冒険者の力か……さすが、というべきだ。

スズさんの特訓がなければ、負けていたかもしれない。

「どうした、その程度か⁉」

「くっ」

アクスの猛攻に押されてしまう。

間違いなく本気で来ていた。手加減など一切なく、殺すつもりで戦っている。

セルも同じで、一切の加減がない。

二人は、それくらいの覚悟を持って戦っている、ということだ。

一方、俺は……

「ちっ」

俺達は、二人を殺さないように、ある程度加減していた。

いかに敵対しているとはいえ。

道を妨害しているとはいえ。

一時は、一緒に過ごした仲間なのだ。

そんな相手と本気で戦うなんて、簡単に割り切れることじゃない。

「ふざけるなよっ！」

アクスが怒りをにじませながら、勢いよく切りかかってきた。

どんどん加速している。

手加減とか抜きにしても、そろそろ、視認するのが限界になってきた。

こいつ、さらに上があるっていうのか⁉

「お前、手を抜いてるだろ⁉」

「それは……」

「もう一度言うぞ、ふざけるなよ！」

「ぐっ」

アクスの剣をカムイで受け止めて、競り合いの形になる。互いに己の持つ力をぶつけて、ギリギリと押し合う。

そうしていると、アクスが間近で叫ぶ。

苛立ちを露わにしつつ、激情をぶつけてくる。

「てめえはてめえの道を決めたんだろ！　俺達とやりあってでも、進むって決めたんだろ！」

「それは……」

「それなのに、今更、ためらってるんじゃねえ！　俺達とやりあうことに迷ってるんじゃねえ！」

「でも……アクスとセルは仲間だった。仲間に本気で刃を向けることは」

「それが甘いんだよ！」

「ぐっ」

力押しに負けて、吹き飛ばされる。

追撃をしかけてきたアクスの一撃を、とっさのところで防御した。

「自分の道を決めたなら、よそ見してるんじゃねえよ！　覚悟を決めろっ、俺達はとっくに覚悟を決めてるぞ！」

「っ」

「お前の全部を掴み取ろうとする、その姿勢……むかつくんだよ！」

「好き勝手……言ってくれるな！」

蹴り上げて、アクスを押し返した。

今度は、こちらから追撃に移る。

「なら……本気でいくぞ」

言葉にしないものの、アクスの考えていることは伝わってきた。

覚悟を決めろ。

甘さを捨てろ。

全部掴み取ると決めたのなら迷うな。

そう言いたいのだろう。あえて叱ってくれているのだろう。

すでに俺達は敵対しているのに、俺のことを気にするなんて、どっちがお人好しなんだか。

心の中で苦笑して……でも、それは表情に出さない。

行動を以《も》って、アクスに応えるだけだ。

「ブースト！」

魔法で身体能力を強化すると、体が羽のように軽くなる。

その状態で、再びアクスに攻撃をしかけた。

「くっ、速い⁉」

アクスが神速の剣技で応じようとするが、俺は、さらにその先を行く。

剣を振り抜いた先には、もう俺はいない。残像すら残すような勢いで背後に回り込む。

「っ……舐めるなぁっ！」

さすがというか、アクスもこれで終わらない。

体を捻り、すぐに反転。剣を斜めに振り落とす。驚異の反応速度だ。

今度は避けることができず、カムイで受け止めた。

が、これで構わない。

「にゃんっ、背中もらいー！」

俺は一人で戦っているわけじゃないので、こういう時は仲間に任せればいい。アクス一人に対して、少々卑怯《ひきょう》かもしれないが……そもそもの話、戦いに卑怯もなにもない。

カナデがアクスの背後をとり、蹴撃を繰り出す。

アクスは剣を支えて盾にして、一撃目を防ぐ。続き二撃目は、空いているほうの手でガードする。

「ぐっ!?」

小手で受け止めたとはいえ、猫霊族の一撃だ。

無傷というわけにはいかないらしく、重い衝撃にアクスは顔を引きつらせた。

「アクス！」

セルの援護射撃が放たれる。

速い！

三本まとめての斉射を三回。合計、九本の矢が暴雨のように飛んでくる。

ただ、それを許さない者がいる。

「悪いけど、ここらで終わりにさせてもらうわよ！」

タニアが火球を撃ち出して矢を迎撃した。

その勢いに乗じて動く者もいる。

「セルの相手はソラ達がします！」

「レインの邪魔はさせないのだ！」

続けて、ソラとルナがタニアの援護に回る。

二人は詠唱の短い初級魔法を連打した。

ただの初級魔法かもしれないが、しかし、十数発も同時に使われれば脅威となる。

「くっ！」

遠距離戦で競うことになるが、相手がタニアとソラとルナというのが問題だった。

いくらセルがAランクの冒険者で、超絶的な弓技を持っていたとしても、最強種三人を相手にできるわけがない。

魔法と火球を連射されてしまい、次第に押し込まれていく。

「わたし、も……がんばる！」

「いくでー！」

そこにニーナとティナも加わり、完全な布陣となる。

セルを封じ込めることに成功した。アクスの援護に回ることは、当然できない。

「ちっ……セルを封じるとは、やってくれるな！」

「これ以上、時間をかけていられないからな。悪いが、終わりにさせてもらう！」

「舐めるなっ」

アクスは再び両手で剣を握り、神速の一撃を繰り出してくる。

しかし、カナデの一撃が効いているらしく、その動きは鈍い。今まで通りに剣が振るえないらしく、明らかに速度が低下していた。

いつもならば、ここでためらっていたかもしれない。

でも、俺とて、ここまでくれば覚悟を決めるしかない。

目的を果たすため。

俺の願いを叶《かな》えるために。

求めるものを掴み取るために。

アクスを打ち倒す！

「カナデ！」

「うんっ」

カナデと目配せを交わした。あれこれと言葉をぶつけないで、細かい打ち合わせなんてしていないのだけど、でもそれで十分だ。

こちらの意図を察してくれたカナデは、引き続きアクスに連撃をしかける。

拳と脚のラッシュが繰り出される。アクスは驚異的な反応速度でそれを受け止めるものの、次第に遅れが出てきた。

カナデの力に押されて、手が痺《しび》れてきているのだろう。あと、さきほど受けた打撃が尾を引いているのかもしれない。

「にゃんっ！」

「ぐっ⁉」

カナデが大きく腕を振りかぶり、アクスを吹き飛ばした。

俺が願っていたように隙を作ってくれた。

ここで決める！

「まだまだぁあああっ！」

アクスはすぐに体勢を立て直して、剣を横に払うように振り、俺の接近を阻んだ。

あのまま終わり……という甘い展開にはならなかったか。

でも、すでに手遅れだ。

「俺は、お前をぜってーに認めないからなっ！」

「それで構わないさ、俺は俺の道を行く！」

アクスと激突して、刃を交わす。

一閃《いっせん》。

ギィンッ、と刃と刃がぶつかり音を響かせる。次第にその回数が増えていき、速度も上がる。

嵐のように。

竜巻のように。

刃と刃が交わり、無数の傷を作る。

それでも、止まらない。止まれない。

俺とアクスは、それぞれの目的を果たすために……己の全てを賭けて、前に進む。

果てのない剣舞が繰り広げられて……

どちらか一方がミスをした瞬間、終わりが訪れるというこの状況で……

「っ⁉」

不意に、アクスがバランスを崩した。

驚きの目で足元を見る。

そこには……俺が遠隔でテイムしておいたうさぎが、アクスの足にしがみついて、わずかにその動きを乱していた。

「なっ、うさぎ……⁉」

「忘れたか？　俺は、ビーストテイマーなんだよ！」

アクスの動きは乱れ、動揺から足を止めている。

その隙を見逃すことはない。

俺はカムイを手にして、アクスの懐に飛び込む。

そして、刃を後ろにして、柄で鳩尾《みずおち》を叩《たた》いた。

「ぐっ……ぁ⁉」

今の一撃は決定的なものだった。

アクスはふんばろうとするが、足に力が入らない様子で……ややあって剣を手放して、そのまま地面に倒れる。

それとほぼ同時に……少し離れたところで戦っていたタニア達が、セルの弓を破壊して、無力化することに成功した。


「ふう……」

戦いが終わり、体の力を抜いた。

アクスとセルは、しばらく動けないだろう。

アクスには手痛い一撃をお見舞いしておいたし、セルは、そのアクスを介抱しないといけない。

これで終わり、俺達を止めることはできない。

ただ、そのまま立ち去ることは、どうにもこうにもできなくて……

「えっと……大丈夫か？」

「あのな、いちいち俺達のことを気にしてるんじゃねえよ」

怪我の具合が気になり声をかけると、アクスは呆《あき》れたように言った。

「お前、アホか？　俺達は、今さっきまで戦っていたんだぞ？　俺はレインにとって敵だ。敵のことなんか心配するな」

「それでも、気になるさ」

「ったく……とんだお人好しだな。あまちゃんもいいところだ」

「でも、それがレインのいいところだよね」

カナデがにこにこと言う。

「っていうか、あたしらが勝ったのにそんなこと言うなんて、虚しくない？」

「うっ……」

タニアのツッコミに、アクスは気まずそうな顔をした。

ちょっとは自覚があったらしい。

「……じゃあ、俺達は行くよ」

二人のことは気になるが、これ以上、時間をかけることはできない。

時間的に考えて、討伐隊はまだ遺跡にたどり着いていないと思うが、油断は禁物だ。交戦してからでは遅いし、討伐隊よりも一足先にたどり着いて、イリスを封印しないと。

二人に背を向けて……でも、声が届いてくる。

「言っておくが」

最後の悪あがきというように、アクスが声を振り絞る。

「俺は認めねーからな」

「それは……」

「レイン、お前がやろうとしていることは、俺は認めない」

「そっか、わかったよ」

「なに納得してるんだよ。くそっ……甘すぎるんだよ、お前は」

「そうなのかもしれないけど……でも、他にどうしようもないんだ。俺にとっては、こうすることが最善の道なんだ。なら、それを信じて突き進むしかないだろう？　それが、俺が俺らしくある、っていうことなんだから」

「……バカ野郎」

そこで力尽きたらしく、アクスは気絶した。

そんなアクスをどこか愛しそうに見つつ、セルが言う。

「もうレイン達を引き止める人はいないわ。後は好きにして」

「そうするよ」

「一つだけ、言わせてもらうなら……私もアクスの意見に賛成ね。だからこそ、こうしてレイン達と戦ったわけだし」

「わかっているよ」

「それでも……できるなら、こんな結末は避けたかったわね」

「そうだな、それは俺も強く思うよ」

「こんなことになったけれど、また道は交わるかしら？」

「わからないけど、難しいかもしれないけど……そうでありたいと願うよ。セルは？」

「後でそう思えるようになればいいわね」

今はその答えで十分だ。

それ以上を求めるのは贅沢《ぜいたく》というものだろう。

「……さようなら」

「ああ、さようなら」

それ以上、言葉を交わすことはなく……俺達は、その場を後にした。

～ Another Side ～

「……ん？」

レイン達が立ち去り、それなりの時間が過ぎたところでアクスは目を覚ました。

起き上がろうとして、あちらこちらに痛みが走り、断念する。

「いつつつ……こりゃ、しばらくはまともに動けねえな。くそっ、レインのヤツ……遠慮なくやりやがって。まあ、俺がそう言ったんだけどよ……」

「起きた？」

「セルか……なんで膝枕してくれねえんだよ！」

「泣いて怒るほどのこと？」

「それほどのものだ！」

「永遠に眠らせてあげてもいいのだけど？」

「ごめんなさい」

ごろりと転がり、うつ伏せならぬ土下寝の体勢をとるアクスであった。

「……レイン達は？」

「ずいぶん前に遺跡に飛んでいったわ。さすがに、もう追いつくことはできないでしょうね」

「そっか……」

アクスは複雑な顔になる。

レインの行動には反対しているが、彼の気持ち、全部がわからないというわけではない。多少の共感はする。

そうなる理由は、昔、アクスもレインと同じようなことをしたことがあるからだ。

アクスは、自然と己の過去を思い出す。


冒険者として活動を始めて、セルと出会い……それなりの実力を身に着けて、名が売れ始めてきた頃のことだった。

とある村が盗賊の被害に遭い、その対処をする、という依頼を請けた。

アクスとセルは盗賊のアジトと思われる洞窟を強襲する。そこで盗賊の正体を見るが……その正体は、年端のいかない子供達だった。

子供達は親に捨てられて、大人にも見放されて、行き場をなくしていた。故に、生きていくために仕方なく盗賊行為に及んでいた。

盗賊行為は許されないことではあるが、子供達に全ての罪があるとは思えない。

情が移ったアクスとセルは、子供達のためにできることをしようと決めた。

単純に食料などの支援から、まっとうな仕事に就くためのサポートなどを継続的に行う。

そんな二人の努力の甲斐《かい》もあり、子供達はあと少しで社会復帰できるというところまで来た。

しかし……もう一歩というところで、子供達の一人が再び盗賊行為に手を染めてしまい、あろうことか人を殺めてしまった。

当然ながら、犯人は捕まった。そのまま、子供達もまとめて捕まった。

そんな現実を前にして、アクスとセルは後悔した。

相手が子供であろうと共感できる部分があろうと、正しくないことを許してはいけないのだ。情にほだされてしまったせいで、一人の罪のない命が奪われることになってしまった。

子供であろうとなんであろうと、悪は悪。共感する部分があったとしても、毅然《きぜん》とした対応をとり、正義を実行しなければいけない。

そう思うようになった。

その後、アクスとセルは正しいと思うことを成し遂げてきた。確かな正義感を胸に、悪と対峙《たいじ》し続けてきた。

そして……今に至る。

「ったく……レインを見ていると、昔の自分を見ているようで微妙な気分になるぜ」

「そうね、そこは同感よ」

「それなのに……イヤな感じがぜんぜんしねえんだよな。甘っちょろいこと言ってて、ありえねー理想論ばかりで、ホント……昔の俺みたいだ」

レインのことを認めたわけではない。

その考えは間違っていると、今も声を大にして言える。

ただ……アクスは、ふと思ったのだ。

レインは、自分達がなくしたものを持っているのではないか？

現実に見切りをつけて、捨ててしまったものを大事にしているのではないか？

そんなことを考えるようになっていた。

「はぁ」

立ち上がる気力が湧き上がらなくて、アクスはその場で大の字になる。

そのまま吐息をこぼして、空を見上げる。

その視線を追いかけて、セルも空を見上げた。

「……まあ、この世界は広いからな。認めるってわけじゃねえけど、あんなヤツが一人くらいはいてもいいか」

「そうね。いいと思うわ」

二人が見上げた空は青く、ゆっくりと白い雲が流れていた。

6章　暗い世界から抜け出すために

～ Iris Side ～

「……ん」

ゆっくりと意識が浮上して、わたくしは目を覚ましました。

ベッド代わりにしている台から降りて、軽く体を伸ばします。

「万全というわけではありませんが……まあ、この程度なら問題ないでしょう」

レインさまとの戦いで得たダメージは、ほぼほぼ回復。問題なく全力を出すことができます。

「さて……なにやら外が騒がしいようですが？」

軽く手を振る。

その動きに反応して、外の光景が宙に投射されました。

これはわたくしの力ではなくて、遺跡に備わっている機構。外の様子を映し出すことができるという優れものです。

「ふふっ、人間がたくさんいますわね。まるでアリのよう」

わたくしを追いかけて、ここまでやってきたのでしょう。

この遺跡を突き止める調査能力は、それなりに褒めてあげてもいいでしょう。

しかし、本気でわたくしを倒せると思っているのでしょうか？

愚かな人間が、天族であるわたくしを打倒できると、本気で考えているのでしょうか？

おかしい。

滑稽すぎて笑いが止まりません。

「人間などに……再びやられるなんてことは、絶対にありえませんわ」

激情に胸が騒ぎます。

普通の方ならば、激情に囚われてはいけないと感情をコントロールするのでしょうが……わたくしの場合は違います。

身を焦がすほどの想いは、強い力を与えてくれます。これ以上ないくらいの意志を与えてくれます。

それは、これからのわたくしの戦いにとって必須。

「……とはいえ」

一つ、気になることがあります。

あの人間の群れに、レインさまはいらっしゃるのでしょうか？

レインさまは、わたくしを討伐しないと奇妙なことをおっしゃっていましたが……どちらにしても、戦うことは避けられないでしょう。

「できることならば、レインさまと戦うことは避けたいのですが……まあ、それも無理なお話でしょうね。仕方のないこと。わたくしの復讐《ふくしゅう》を阻むのならば……たとえレインさまであろうと、容赦はいたしません」

レインさまは人間で、しかも出会ったばかり。

ここまで心惹《ひ》かれるのは、自分でも不思議なのですが、惹かれずにはいられません。

やはり、あの目でしょうか？

とても綺麗《きれい》で、まっすぐな瞳で、どこまでも前を向いている。

まるで、あの人のよう。

そんなレインさまだからこそ、わたくしは心を許したのかもしれません。

「ですが……わたくしの前に立ちはだかるというのならば、別ですわ」

できることなら……という思いはありますが、敵になるというのならば全力で。

それが、わたくしの思い出を守ることになるのだから。

しかし……それは同時に、今の愛しい思い出を潰すということであり……過去の想いを守るために今の想いを消す。

「……なかなかに矛盾した話ですわね」

自分のことながら、ついつい苦笑してしまいます。

このようなことをしているわたくしは、もしかしたら壊れているのかもしれませんね。

「だとしても」

わたくしに残されたものは、この胸の激情だけ。

生きる目的は、復讐のみ。

なればこそ、止まるわけにはいかないのです。

どこまでも走り続けて、駆け抜けて……きっちりと、獲物の喉元に食らいついてみせましょう。

そうすることこそが、きっと……

「ふふっ……お待ちしていますわ、レインさま」

◆

アクス達を撃退した後、再びタニアの背中に乗り空を飛ぶ。

戦闘の後で疲れていて申しわけないのだけど、全力を出してもらう。

なんだかんだでタニアは快く引き受けてくれて、一気に空を翔《か》けた。

そして……さらに数時間ほど飛んだところで、遺跡が見えてきた。

広大な森が広がり、その中心に砦《とりで》に似た構造のものが確認できる。

一歩遅かったらしく、すでに討伐隊が到着していた。遺跡の森の周囲に展開している。ただすでに作戦が開始されたわけではなくて、今は陣地を構築している最中らしく、テントを設置しているところが見える。

これ以上接近すると、見つかってしまうかもしれない。

俺はタニアに合図をして、ぐるりと横に回り込んでもらい、討伐隊とは正反対の方向に着地してもらう。

　俺を含めてみんなが地面に降りて、最後にタニアが人に変身する。

「ふう……久々に飛んだから、ちょっと疲れたわね」

「ありがとう、タニア。助かったよ」

「いいわよ。それよりも、この後はどうするの？」

「現状、どうなっているのか少し探りを入れたいが……そんな時間はないか」

　空から見たところ、討伐隊は野営のテントをほぼ設置し終えていた。もう少しで完全に準備が整う、というところだろう。

「ソラ、ルナ。イリスの居場所はわかるか？」

「任せてください」

「ちょっと待っているのだ」

　ソラとルナが目を閉じて集中する。

　そのまま魔法を使い……ややあって、困惑するように小首を傾げた。

「おかしいですね……まったく反応がありません」

「それは、イリスはもうこの遺跡にはいない……？」

「うーん、それはわからないのだ。遺跡の中の様子を、まったく感知することができなかったのだ」

「この遺跡は、魔力を通さないのかもしれません」

「あるいは、魔力が封印される仕組みになっているのか……どちらにしろ厄介なのだ。中の様子がさっぱりわからないのだ」

「……それは、魔法も使えない、っていうことに？」

「うむ、そうなるのだ」

中の様子がわからないことも問題だけど、それ以上に、魔法が使えない、ということの方が問題だ。イリスがいたとしても、その場で封印することができないから、わざわざ外に引っ張り出さないといけない。

かなり面倒で、実行できるかどうか難しい。

それでも、投げ出すわけにはいかないが。

「ソラとルナは、ここで待機しててくれるか？　いつでも封印できるように、準備しておいてほしい」

「わかりました」

「らじゃったのだ」

「ニーナとティナもここで待機。ソラとルナのサポートを……あるいは、誰か来たら丁重に追い返してほしい」

「がん……ばる、よ」

「ウチに任せとき！」

「ねーねー、私達は？」

カナデが、くいくいと俺の服の端を引っ張った。

「レインと一緒に遺跡の中に行くの？」

「いや……ちょっと危険なんだけど、それとは別に頼みたいことがある」

「ふーん、なにかしら？」

危険と言われても、タニアは怯《ひる》む様子がない。むしろ、どこかうれしそうにしている。

推測だけど、危険なことを任せてもらえることが、うれしいのだろう。

そんなことを頼むということは、それだけ信頼している、という証になるから。

「表の討伐隊をひっかき回してほしい」

「それは、陽動っていうことかしら？」

「そういうことだ。このまま放っておいたら、討伐隊が遺跡に突入するからな。それを、少しでも遅らせたい」

「なるほどね……理解したわ」

「ただ、無理をする必要はないからな？　タニアはドラゴン形態に変化《へんげ》して、カナデはその背中に乗って……比較的安全な上空からかき回す程度でいい。今後、ややこしくならないために、こちらの正体がバレないようにしてほしい。あと、危ないと判断したら、無理しないですぐに退いてくれ」

「あら。あたしが遅れをとるとでも？」

「相手は、イリスを倒すために集められた精鋭だ、侮ることはできない。それに、二人を危険な目に遭わせるわけにはいかないからな」

「……それって、あたしのことを心配してくれてるの？」

「もちろん。大事なタニアのことを、心配しないわけがないだろう」

「だ、大事……レインってば、そういうこと簡単に言うんだから。でも……まあ、そこまで言うなら？　ちゃんと指示に従ってあげるけど？」

タニアはちょっと頬を染めて、素直でない言葉を口にした。

ただ、尻尾は犬みたいにぶんぶん揺れている。当たると痛そうだ。

「うにゃー……レインのことだから深い意味はないんだろうけど、でもでも、ものすっごく気になるよぉ」

「どうしたんだ、カナデ？」

「えっと……私のことも心配してくれている？」

「当たり前だろう。カナデも大事なんだから、心配しないなんてことありえない」

「ふにゃあ……にゃふふふっ」

カナデは耳をぴこぴこと動かしつつ、ご機嫌な様子で笑顔に。

どうしたんだろう？

「あっ、そうだ」

ふと思い出した様子で、カナデが表情を厳しくして問いかけてくる。

「っていうことは、レインは一人で遺跡に？　どうするの？」

「中を探り、イリスがいたら外に誘い出すよ。そこで、ソラとルナに封印してもらう」

「大丈夫？　迷わない？　無茶しない？」

「大丈夫。俺も無茶はしない、って約束するから」

「「「それは怪しい」」」

みんなに揃《そろ》ってツッコミを入れられてしまう。

「レインは平気な顔で無茶をして、そのくせ、なんでもないからとか言うから心配なんだよぉ」

「ホント、カナデの言う通りね。ウチのご主人さまの辞書に『自重』っていう単語はないもの」

ところどころ思い当たる節があるため反論できない。

できることなら、みんなに心配はかけたくない。

「……でも、今はがんばらないといけない時だと思うから。ごめん、少しくらいなら無茶はするかもしれない」

「……まったくもう、仕方のないレイン」

そんなことを言いながらも、カナデの表情は優しい。

他のみんなも笑顔だ。

「少しくらいなら無茶してもいいけど、でも、絶対に戻ってきてね？　約束だよ⁉」

「無茶を通り越して無謀な真似したら、あたしのブレスで焼くからね？」

「うまくいくように、ソラは祈っています。だから、帰って来てくださいね？」

「レインがそうしたように、我もレインを信じなければいけないのだ。がんばるのだ！」

「がん、ばって……ね？　応援して、いるから」

「きっと、レインの旦那ならやり遂げられるで！　あと、なんかあったらすぐに手伝うからな」

みんなの声援を受けて、力が湧いてきた。

この作戦、絶対に成功させてみせる！

◆

みんなと別行動を取り、森の中を慎重に進む。

十分ほどしたところで、遺跡の入り口にたどり着いた。幸い誰にも見つかっていない。

その時、表の方が騒々しくなる。

おそらく、カナデとタニアによる陽動が始まったのだろう。

相手は歴戦の冒険者と騎士だ。あまり無理をしなければいいんだけど……

「って、人のことを心配している場合じゃないか」

まずは、自分自身のことを考えないと。

俺が失敗したら、全てが無駄になってしまうからな。

気を引き締めつつ、遺跡の中へ。

「これは……」

遺跡の中に入ると、妙な感覚に襲われた。

体に力が入らないというか、うまく動かせないというか……

「ブースト」

試しに魔法を唱えてみるが、反応はない。

「やっぱりというか、魔法は使えないみたいだな」

ソラとルナが言っていたように、この遺跡は魔力を遮断するか攪乱《かくらん》するか、そんな作用があるみたいだ。それ故に、魔法が使えない。

それだけじゃない。

さきほどから妙に体が重くて、まるで水の中にいるみたいに自由に動けない。たぶん、魔力だけじゃなくて身体能力も制限されているのだろう。

カナデと契約をして得た力はほぼほぼ押さえつけられてしまい、今の俺の身体能力は、一般人よりも少し上というレベルにまで落ちていた。

まずいな。こんな状況でイリスを見つけても、うまく連れ出すことができるかどうか、なかなかに怪しいところだ。

力ずくというのは難しいだろうから、うまいこと口でごまかして、そのまま外に誘い出すことが一番だろうか？

「って……そういえば、イリスはどうなんだ？　遺跡の影響を受けているのか？」

だとしたら、どうしてこんなところに隠れているのだろう？

自分で自分を追い詰めるような行為にしか思えない。

「まあ、それは本人から聞くとするか。たぶん、なにかしら意味があるんだろうな」

罠《わな》などを警戒しつつ、遺跡の奥へ向かう。

幸いと言うべきか、至るところに明かりが設置されていて、暗闇に包まれることはない。それに、さほど複雑な構造ではなくて、迷うこともない。

順調に奥へ奥へと進んでいく。

ほどなくして、大きな広間に出た。

王の間……というところだろうか？　部屋の奥に、朽ち果てた玉座らしきものがある。

そこにイリスの姿があった。

「ごきげんよう、レインさま。お待ちしていましたわ。他の人間が先に姿を見せるかもしれないと思っていましたが……レインさまが一番乗りとなりましたか」

「けっこう急いで来たからな」

俺の姿を見つけても、イリスはまるで動揺しない。

こうなることを予想していたのだろう。

「ふふっ、それだけわたくしに会いたかったのですか？」

「そうだな。会いたかったよ」

「あら、情熱的な返事ですわね。ふふっ、うれしいですわ」

「それにしても……思っていたよりも元気そうだな」

「ええ。誰かさんに痛い目に遭わされましたが、すっかり回復いたしましたわ」

「それはお互いさまだろう？　俺達もけっこう危ない目に遭ったからな」

「ふふっ、それもそうかもしれませんわね」

イリスがくすくすと笑う。

その笑みに他意はなくて、ただただ純粋に会話を楽しんでいるかのようだ。

この子は、こういう顔もできる子だ。だからこそ、こんなところにいてはいけない。こんな目的だけを抱いていてはいけない。

生きるのならば、復讐のために死ぬのではなくて、幸せのために生きるべきなのだ。

「レイン様は、本当に変わっていますのね」

「ん？　突然、どうしたんだ」

「だって、わたくし達、一度は殺し合ったのですよ？　それなのに、こんな風に呑気《のんき》に話をしてるなんて……普通なら、もっと険を含むものですわ」

「そう言われてみると、そうかもしれないが……ただまあ、そうならない理由はあるな」

「理由ですか？　お聞かせしてもらえても？」

「なんだかんだで、俺はイリスを嫌いになれない、っていうことだ」

「……」

イリスはぽかんとして……

「あはははっ」

次いで、大きな声で笑った。

「本当におかしな方。わたくしは人間の絶対的な敵であるというのに、まだそんなことが言えるなんて。しかも、その場しのぎのウソではなくて、本心からの言葉……ふふっ。わたくし、ますますレインさまに興味が出てきましたわ」

「こうして、色々と語り合いたいところなんだけど……悪いけど、時間がないんだ」

「外に集まっている人間のことですか？」

「気づいていたのか？」

「当たり前ですわ。あれだけぞろぞろと羽虫のように集まれば、とてもうるさいですからね」

うっとうしそうにイリスが言う。

しかし……そうか、気づいていたのか。

ならば、なおさら不思議だ。どうしてイリスは、魔法が使えず、能力が制限される遺跡の奥に引きこもっているのだろう？

「どうしてこんなところにいるのか、という顔をしていますわね」

「なんでわかったんだ？」

「レインさまは素直すぎますわ。考えていることなんて、簡単にわかりますもの」

「そう、なのかな……？」

たまに、みんなからも似たようなことを言われることがある。

ポーカーフェイスを作れるように、少しは特訓した方がいいのだろうか？

「でもまあ、それがレインさまの魅力だと思いますので……どうか、レインさまはそのままでいてくださいませ」

「バカにされているのか褒められているのか、よくわからないな」

「ふふっ、褒めているのですよ」

イリスは小さく笑い、続けて、表情を鋭いものに変える。

「さて……せっかくなので、レインさまの疑問に答えてさしあげますわ」

「大サービスだな」

「わたくし、気に入った方に対しては、気前は良い方なのですよ？　代価を要求するようなことはありません、安心してくださいい」

「じゃあ、遠慮なく聞こうかな。どうして、イリスはこんなところに？」

「答えは簡単ですわ。ここは、わたくし達が最高の力を発揮できる場所……天族の遺跡なのですわ」

「天族の遺跡？」

「ええ、そうですわ。この遺跡は、わたくし達、天族が作った要塞なのですわ」

要塞、という言葉に引っかかりを覚えた。

要塞というからには、強固な城壁や門。さらに、敵の侵入を阻むトラップや複雑に入り組んだ内部構造……などなど。そういう特徴があると思うのだけど、ここにはそれらしいものがない。

それなのに要塞と呼ぶということは、俺の知らない何かが隠されているのだろうか？

いや……待てよ？

俺が知らないだけで、すでに、この要塞はその機能を十全に発揮しているのかもしれない。

その機能というのは……

「ここが要塞っていうことは、それなりの機能が搭載されているんだよな？」

「ええ、そうなりますわね」

「その機能っていうのは……魔法の封印と能力の制限?」

「ふふっ、すぐにその答えにたどり着きますか。さすが、レインさまですわ」

正解、というようにイリスが微笑む。

できれば当たってほしくなかった。

「侵入者の魔法を封じて、さらに身体能力を大幅に抑えることができる。そのような結界が展開されているのですわ」

「なんて厄介な……」

「ああ、結界を破壊しようとしても無駄ですわ。この遺跡そのものが結界の機構となっているので。遺跡を破壊して自らも瓦礫《がれき》の中に埋まりたい、というのならば別かもしれませんが」

「そんな自殺願望はないよ。というか、そんな機能をつけたらイリスも……いや……もしかして、イリスには適用されないのか?」

「……本当に鋭い方ですわね」

この質問は予想していなかったらしく、イリスは本当に驚いた様子で、目を丸くした。

それから、どこか誇らしげに言う。

「ええ、ええ。その通りですわ。これは、わたくし達天族が作った要塞。故に、天族にその効果が及ぶことはありませんわ」

「相手の力を封じて、自分達は本来のポテンシャルを発揮できる……なるほど。これ以上ないくらいの要塞だな」

「ここにいれば安全ということですわ。もっとも……怪我はもう治ったので、うるさい羽虫を蹴散らすために使用いたしますが」

まずいな。こんなところに討伐隊を突入させたら、全滅は必至だ。

いかにイリスとて、あれだけの数を相手にすることはできないと考えていたのだけど、この要塞は想定外だ。討伐隊はまともに抵抗できず倒されてしまうだろう。

イリスを討伐させるつもりはないが、だからといって、討伐隊が全滅していいなんてことはない。どうにかして、このことを伝えたいのだけど……

「ダメですわ、レインさま」

イリスがパチンと指を鳴らす。

それに反応するように、部屋の入り口が閉じた。

「告げ口はいけませんわ」

「……まあ、こうなるよな」

簡単に見逃してくれるわけがないか。

「さて、お話を続けましょう」

イリスがこちらに歩いてきて、無防備に距離を詰めてきた。

自分は百パーセントの力を振るうことができるという圧倒的優位に立っているからこそ、そんな大胆な行動をとることができるのだろう。

「レインさまは、どうしてここへ？　どうやら、外の人間達とは別行動をとっているみたいですが……どちらにしても、わたくしに用があるのは間違いないですわよね？　そういえば、以前はわたくしを止めるとかおっしゃっていましたが」

「そうだな……こうなったら、素直に言うか」

戦う前に、まずは話をしてみたい。限りなく低い可能性かもしれないけど、ひょっとしたら説得できるかもしれない。

どんなことでもする。

その想いの通りに行動するべきだ。

「イリスを封印するために来た」

「……へぇ」

イリスの顔が冷たい笑みに変わる。

俺を気に入っているという言葉は、たぶん、本当なのだろう。それは今までのイリスの様子を見ていればわかる。彼女は、俺に直接的な敵意をぶつけることはなかった。戦いの際も、どこか遊んでいるような感じだった。

しかし、自身に危険が及ぶとなると話は別だろう。今までと同じように、というわけにはいかないはず。

イリスは敵意を含む、冷たい視線をこちらにぶつける。

「それは本当なのですか？　以前のようなブラフではなくて？」

「本当だよ。また同じウソを言っても仕方ないだろう？」

「では、どのようにしてわたくしを封印するつもりなのか……話していただけませんか？」

「前回と同じだよ。ソラとルナ……精霊族の力を借りて、伝説級のアイテムを器にしてイリスを封印する」

「へぇ……」

「ソラとルナが魔法は習得したし、器となるアイテムも用意した。準備は万端だ」

「……残念ですわ」

　イリスが俺と距離をとる。

　こちらに背中を向けて、その表情は見えない。

　ただ、声色から判断するに、寂しそうな顔をしているような気がした。

「繰り返しになりますが、レインさまのことは気に入っていましたのよ？　人間ではありますが、どこか憎むことができなくて、一緒にいると楽しくて……とても素敵な時間を過ごすことができましたわ」

「俺も同じような感じだよ。イリスは色々したけど、でも、憎むことはできなかった。同情しているだけなのかもしれないけど、力になりたいと思った」

「それなのに、わたくしを封印するのですか？」

「イリスを嫌いになれないからこそ、だ」

　このままでは、イリスの未来はなにもない。全てが失われてしまう。

だから今は、封印という手段を取る。イリスを助ける。それが、俺の出した答えだ

「イリスを封印することで、イリスを助ける。それが、俺の出した答えだ」

「……そうですか」

イリスがこちらを振り返る。

その顔は無表情で、感情が一切見えない。

どこか壊れた人形みたいで、恐ろしいとさえ感じた。

「レインさまの気持ち、わかりましたわ。ですが……わたくしは、そのようなことを望んではいません。この燃え盛る憎悪の炎を吹き荒らすことができないのならば、生きている価値などありませんわ」

「イリス、そこまで……」

「それを邪魔するというのならば、レインさまであろうと容赦はいたしません」

イリスの瞳に殺気が宿る。今度は本気の殺気だ。その瞳で睨《にら》みつけられただけで、体がすくんでしまいそうになる。

前回、戦った時にイリスの憎しみに触れたけれど、あれはほんの一端にすぎなかった。今日初めて、イリスが抱えている闇の本質に触れたような気がする。

まさか、これほどのものを抱えていたなんて。

萎縮してしまいそうになるが、でも、負けていられない。ここで退いてしまえば、二度とイリスの前に立つことはできない。その資格がなくなる。

だから俺は、なにがあろうとこの場を動かない。

「最後の忠告ですわ。くだらないことを考えるのはやめて、立ち去ってくれませんか？　今なら、見逃してさしあげますわ」

「悪いが、もう決めたことだ。それはできない」

「その考えに変わりはないのですか？」

「ないよ。俺はこのままイリスと戦うことになっても、封印を果たす。そして、外の人達にも手を出させない。これが、俺の選んだ道だ」

「……わかりましたわ」

イリスが残念そうに言う。

しかし、そんな表情を見せたのは一瞬だけ。すぐに氷のように冷たいものに切り替わる。

ゴォッ、と凍てつくような殺気の嵐が吹き荒れた。

「でしたら……仕方ありませんわね。レインさまであろうと、わたくしの邪魔をするのならば容赦はいたしませんわ。ここで死んでくれますか？」

「それは断る。俺は、イリスを助けないといけないからな」

「わたくしを封印するつもりなのに？」

「そうでもしないと、止まらないだろう？」

「ええ。もちろんですわ。止まるつもりなんてありません。わたくしは、この体、魂、全てを賭けて、復讐を果たすと誓ったのですから」

「復讐しか考えない生き物なんていないんだ」

「……なんですって？」

その言葉が癇《かん》に障ったらしく、イリスは顔を歪《ゆが》めた。

感情が凍りつく。

殺気が刃と化す。

それらを身にまとい、激情を瞳に宿して、こちらをおもいきり睨みつける。

「所詮、レインさまも人間ですか。わたくしの心を知っているかのように話して、つまらない同情をして……許せませんわね」

「なら、どうする？」

「殺してさしあげますわ」

「やろうか」

俺はカムイを抜いて、構えた。

イリスは手を左右に広げて、構えた。

「ここでレインさまの人生を終わりにしてさしあげます」

「いいや。俺もイリスも、終わりになんてさせない……終わらせるのは、イリスの復讐だけだ」

そして……俺達は激突した。

イリスは殺意を持ち、魔法を唱える。

「せめてもの情けですわ。苦しまないように、すぐに終わらせてさしあげます。来たれ、異界の炎。全てをここに」

その両手の上に炎の塊が浮かび上がる。

一つ、二つ、三つ……数え切れないほどの弾丸が出現した。

今の俺は魔法を使うことができず、身体能力も大幅にダウンしている。普通に考えて、あれだけの攻撃を避けることはできない。

できないのだけど……

「なっ⁉」

イリスが魔法を放ち……そして、驚愕《きょうがく》に目を大きくした。

俺は体を捻り、横に飛び、身を低くする。

そうして、全ての炎弾を避けてみせた。

「まったく……体が軽いのですね。まるで、サーカスの団員ですわ」

「ビーストテイマーは、動物をテイムするためにあれこれと体を動かさないといけないからな。これくらいは余裕だ」

「まだ軽口を叩《たた》けるのですね……わたくし、自覚していないものの、手加減をしていたみたいですね。これならばどうですか？　来たれ、異界の炎。来たれ、殲滅《せんめつ》の雷撃。来たれ、嘆きの氷弾」

炎、雷、氷……三種の魔法が同時に顕現する。それらは暴力の嵐となり、俺を食らい尽くしたいというように、荒れ狂う。

しかし、俺は落ち着いていた。今の状態では、一撃でも食らったらアウトなのだけど、それでも焦ることはない。

冷静に魔法の軌道を見極めて、安全地帯を見つけて、そこに体を滑らせる。

イリスの魔法は全て外れて、不発に終わる。

「なっ……どうして⁉」

二度も続けて偶然は起きない。俺がイリスの攻撃を避けたのは必然なのだ。

そのことをイリスはようやく認めたらしく、苦い顔になる。

「いったい何をしたのですか？　今のレインさまは、魔法を使うことができない。それどころか、猫霊族と契約したことで得た力もほとんど消えているはず。わたくしの攻撃を避けられるはずがありませんわ。それなのに、どうして……」

「見切った」

「……はい？」

「すでに、イリスとは一度戦っているからな。そこで、イリスは惜しげもなく自分の手札を披露しただろう？　あれだけたくさんの攻撃を見せられれば、対処法も思いつくさ」

「なっ……そ、そのようなふざけたこと……」

「まあ、身体能力まで低下したのは誤算だけど……それでも、これくらいならなんとかなる」

イリスの攻撃は確かにとんでもない。まともに直撃したら、一撃で沈んでしまうほどの恐ろしい脅威だ。

でも、付け入る隙がないというわけじゃない。

イリスは、まったくミスをしない神様ではない。どこかしらに『穴』がある。

そこを突くことができれば、渡り合うことはできる。

「たった一度の戦いで、わたくしの力を見極めた？　まさか、そのようなことが……その成長速度は、まるで……」

「今度はこっちからいくぞ！」

「っ⁉」

イリスが驚いているうちに、こちらから攻撃をしかけた。ナルカミのワイヤーを射出して、イリスの体を一時的に拘束する。

その間に突貫。懐に潜り込み、両手を突き出すようにしながら全体重をかけてぶつかる。

「うあっ⁉」

イリスの小さな体が吹き飛ぶ。

とっさのことで、ガードが遅れたみたいだ。

前に戦った時から思っていたのだけど、イリスは召喚魔法に頼るあまり、近接戦闘がやや苦手らしい。俺の接近を許したことがその証拠だ。

まあ、ややという程度のレベルなので、そこに過度な期待をするわけにはいかないが。

「くっ……このようなことで！」

イリスはすぐに体勢を立て直した。

俺はかまうことなく追撃に移る。

再び接近して、右、左と拳を撃つ。しかし、繰り出した拳は、いとも簡単にイリスに受け止められてしまう。

「少し驚いてしまい、無様なところを見せてしまいましたが……心を乱さなければ、これくらい、なんてことはありませんわね。所詮、レインさまは人間。とてつもない才能はあるみたいですが……しかし、わたくしに届くほどではありませんわ」

「それはどうかな？」

「え？」

左足を軸に体を捻る。

右足の爪先を突き入れるように、イリスの脇腹を蹴りつけた。

「あっ……!?」

最強種であるイリスが、普通の人間とさほど変わらない俺の攻撃に顔をしかめた。

その痛みに耐えられないという感じで、イリスがふらつく。

そこを狙い、膝を踏み抜く。彼女は普通の人じゃなくて天族だ。体の強度もまったく違うらしく、鉄を蹴るような感覚が返ってくる。硬く、骨を折るまでには至らない。

しかし、確実にダメージを与えただろう。

その証拠に、イリスは足をかばうような仕草を見せて、俺を力任せに振りほどいた。

そして、おもいきり殴りつけてくる。

「っ！」

イリスの拳を両手の平で受け止めて、その瞬間に後ろへ飛ぶ。

紙のように吹き飛ばされるものの、深刻なダメージはない。

あえて自分から飛んだことで、ダメージを大きく軽減したのだ。

「いったい、何をしたのですか？　わたくしに、ダメージを与えるなんて」

「確かに、イリスは強い。魔法だけじゃなくて、身体能力も猫霊族並だ。でも、弱点はあるんだよ」

「弱点？」

「俺達人と同じ体をしている以上、身体構造上、どうしても鍛えられないところがある。俺は、そこを狙ったんだ」

単純に力をぶつけるだけでは、効率的にダメージを与えることは難しい。弱点を見つけて、そこを一点集中で攻撃する。

そんな技術は、スズさんとの特訓で学んだことだ。

「そんなこと、的確に実戦でこなせるなんて……」

「それなりに修羅場はくぐっているからな。ある程度、やってのけるだけの自信はあるさ」

「くっ……！」

ここに来て、初めてイリスが警戒するように足を止めた。

攻撃をしても通じるのだろうか？

手痛い反撃をくらわないだろうか？

そんな風に迷っているのが見てわかる。

良い流れだけど、俺が優勢というわけではない。

むしろ、劣勢だ。

先手を打つことでイリスに動揺を与えることに成功したものの、決定打に至ることはない。それどころか、いつ逆転をされてもおかしくない。それだけの力の差がある。

イリスは動揺していることで、俺達の間に大きな力の差があることを忘れているが、本来ならば魔法を連打するだけで終わりなのだ。

ある程度は見極めたとはいえ、いくらなんでも、雨のように降り注ぐ魔法を無限に避け続けるなんてことはできない。

俺がギリギリの綱渡りをしているという事実は、決して悟られてはいけない。

「レインさまは、どこにそのような力を隠していたのですか？」

「どこに、って聞かれてもな……いつもいつも全力でやっているぞ？　この前、イリスと戦った時も全力だ」

「どうでしょうか。力を隠していたとしか思えませんね。でなければ、ここまで手こずるなどということ、ありえませんわ」

「追い詰められたネズミは猫を噛《か》むこともあるさ」

「自身をネズミとおっしゃるのならば、素直に狩られていただけませんか？」

「それは断る。痛いのは苦手なんだ」

「滅らず口を……！」

イリスの両手に魔力が収束して、光が集まる。

ただ、今まで見た魔法とは違う。

見ているだけで悪寒が走るほどで、脳内で最大限の警報が鳴る。

「わたくしの魔法が見切られているというのならば……まだ、レインさまに見せたことのない魔法を使うしかありませんわね」

「本気、っていうわけか」

「正直なところ、今までは侮っていました。これで十分だと、適当にしていましたわ。しかし……それはもう終わり。レインさま、あなたを『敵』と認めましょう。全力で排除いたしますわ」

イリスが翼を広げた。

～ Iris Side ～

わたくしは全ての力を出すことにしました。

レインさまは人間ではあるけれど、不思議とどこか惹きつけられるところがあり、気に入っていました。嘘《うそ》や気まぐれの言葉でもありません。

あの方に、どこか似ているから……だから、心を許していたのかもしれません。

それ故に、どこかで手加減をしていたのでしょう。前回とまったく同じ戦い方をしていて、早々に技を見切られてしまったことがその証拠。

ならば、甘えは捨てましょう。

わたくしの全力を以《も》って、わたくしの目的を阻害する壁を破壊いたしましょう。

特大の魔力を練り上げて、

「来たれ。終焉《しゅうえん》の白撃」

とっておきを繰り出しました。

前回の戦いで使ったことのない召喚魔法。

空間全てを埋め尽くすような、超広範囲攻撃。

それでいて、一撃一撃は超級魔法に匹敵するほどの威力。

レインさまは、わたくしの魔法を見切ったと仰っていましたが、初見の攻撃ならば避けることは叶《かな》いません。

さようなら、これで終わりですわ。

……そう思っていたのに、

「なっ⁉」

ありえないと、わたくしは驚きの声をあげました。

空間そのものを食らうように、破壊の光が吹き荒れました。

避ける場所なんてありません。ネズミ一匹、逃げるスペースはありません。

しかし。

一つだけ、安全地帯がありました。

それは……わたくしのすぐ傍。

「ふっ！」

初見の魔法を繰り出されたというのに、レインさまは迷うことなく駆けてきました。まるで、わたくしの傍が唯一の安全地帯であることを知っているかのように。

そして……レインさまはわたくしの懐に潜り込み、魔法を回避しました。

ありえない。

ありえない。

ありえない。

いったいどのようにすれば、わたくしの攻撃を見切ることができるというのか⁉

混乱するわたくしは思わず棒立ちに。

その隙をレインさまが見逃すはずもなくて、そのまま強烈な一撃を繰り出してきます。

「うあっ⁉」

◆

イリスの召喚魔法はとても強力で、しかも連射ができる。制限もないし、並行世界からもう一人の自分を呼び出すという離れ業もやってのける。

しかし、真の脅威は他にあるはずだ。

きっと、まだ見せていない奥の手を隠しているだろう。

前回の戦いで全てを見せているわけがなくて、なにかしら切り札を持っているはず。それくらいに頭のいい子だ。

だから、大規模な攻撃能力を持つ魔法が隠されていることは予想していた。

とはいえ、初見の魔法をいきなり見切るなんてことは不可能。不可能ではあるのだけど……でも、安全地帯はわかる。

イリスの周囲だ。

彼女の召喚魔法は強力ではあるが、敵と味方を区別することなんて、さすがに無理だ。

ならば、イリスは自分自身を誤射しないように、ある程度、安全を確保しているはずだ。その周囲に攻撃が着弾することはない。

そう判断して、踏み込み……そして、俺の予想は当たった。

「おおおおぉっ！」

右、左、もう一度右。

拳と拳の合間に、蹴撃。

斜め上から、死角への一撃。

ラッシュを叩き込み、イリスを追い詰めていく。

「くっ」

今の俺は普通の人と変わらない。

それほどの力は出ないが、それでも全てを急所にぶつけている。

わずかに……しかしながら、着実にダメージが蓄積されていき、イリスの顔が歪む。

「しつこい、ですわっ！」

イリスが大きく跳んで、俺を振り払おうとした。

しかし、それは許さない。

ピタリと張り付くように俺も同時に跳んで、イリスを射程圏内から逃さない。

「このっ！」

魔法で迎撃することは諦めたらしく、イリスが拳を振るう。

ゴォッ！　と寒気がするような音が走り、拳が目の前に迫る。

イリスの身体能力は猫霊族に匹敵するため、かなりの威力が秘められているだろう。

その拳は、力任せで技術のない一撃ではあるが、今の俺は普通の人と変わらないため、とんでもない脅威だ。一撃でも喰《く》らえばアウト。

だから……一撃も喰らわないことにした。

「なっ⁉」

超速で振るわれるイリスの拳を避ける。

あるいは、途中で軌道を逸らして、掠《かす》る程度にとどめておく。

致命的な一撃を喰らうことなく、全てをしのいでみせた。

イリスの攻撃を見切ったというのもあるが、それ以上に、スズさんとの特訓の成果が大きい。格闘訓練とか回避訓練とか、死ぬほどやらされたからな。力だけで技術が伴っていない攻撃ならば、初見だろうと、ある程度は対処することができる。

スズさんのおかげで、こうしてイリスと対峙《たいじ》することができる。

もしかしたら……あの時、スズさんはこうなる未来が予想できていたのかもしれない。だから、技術を叩き込んでくれたのかもしれない。

考えすぎかもしれないが、そう思えた。

「ふっ、しっ！」

「くううっ……レインさまとて人間なのに！」

イリスの攻撃を避けて、あるいは受け流して、反撃を叩き込んでいく。

この戦いは、俺が完全にコントロールしていた。

そのことをとても苛立たしそうにして、イリスは表情を歪ませる。

そうして感情が乱れれば乱れるほど、俺が有利になる。

「このっ……来たれ、嘆きの氷弾！」

「っ⁉」

自分を巻き込むのも構わないというように、イリスが召喚魔法を放つ。

氷の嵐が吹き荒れて、刃と化す。

さすがに、これを無効化したり防ぐことはできない。

俺は後ろに跳んで、イリスから離れた。

「はぁっ……はぁっ……はぁっ……！」

ようやく俺と距離をとることができたイリスは、肩で息をしていた。

その体のあちらこちらから血が流れている。さきほどの魔法で、自分自身を傷つけてしまったのだろう。

しかし、そんな傷は構わないというように、闘気が衰えることはない。

獣のような目つきで、俺を睨みつけてくる。

「……どうして」

「ん？」

「どうして、そこまでの力がっ！」

イリスは吠《ほ》えるように、言葉を投げ放つ。

当初の余裕は完全に失われている様子で、汗をかいていた。

「あれから、まだほとんど経っていないのに……どうして、そこまでの力があるのですか!?　わたくしを圧倒するなんて、そのようなこと普通に考えてありえません。たとえレインさまがアレの血を引いていたとしても、その成長速度は異常ですわ！　おかしいですわ！　なんなのですか、その力はっ!?」

「そうだな……強いて言うなら、覚悟を決めたからかな」

「覚悟……？」

きょとんとするイリスに、俺は、俺の話をする。

「前回、イリスと戦った時は、正直、迷っていたんだ。顔を合わせていたし、笑うところも見ていたから。だから、なんでイリスが……って思っていた。で、どうすればいいかわからなくて、どこを目的とするか定めていなくて、覚悟なしに戦っていた」

「それで……？」

「でも、今は違う。俺は覚悟を決めた。イリスと戦い、イリスを封印する。そう、目的を定めた。だから、心が揺らぐことはない。前回と違って、自分でも驚くほど落ち着いている」

「だから……強くなったとでも？」

「ああ、そうさ。知っているか？　覚悟を決めた人間っていうのは、自分で言うのもなんだけど、けっこう強いぞ？」

「そんなこと……人間ごときが、わたくしにっ！」

「その人間の力、見せてやるよ」

「ここで、わたくしが倒れるなどということは……封印されるということは……絶対にありえませんわっ！」

再びイリスが牙を剝く。

それは最後の抵抗だ。

「来たれ、異界の炎！　来たれ、嘆きの氷弾！　はぁあああっ！」

イリスが魔法を放ち、さらに、同時に拳を撃つ。

魔法だけではなくて格闘術を織り交ぜることで、隙をゼロにしようという考えなのだろう。

そんな嵐のように激しい猛攻を、俺はかろうじて凌《しの》ぐ。色々と織り交ぜたとしても、それは一度見たことのある攻撃だ。直撃を避けることはさほど難しくない。

そして、反撃に出る。

「はぁっ！」

今までと同じように、急所を狙い攻撃を繰り出した。

微弱なダメージしか与えることができないが、塵《ちり》も積もれば山となる。

何度も何度も何度も攻撃を叩き込み、着実にイリスにダメージを与えていく。

「……っ……」

イリスがふらついて、地面に膝をついた。

そんな自分を愕然《がくぜん》と見る。

「そんな……わたくしが、まさかここまで追い詰められるなんて……」

信じられないというように、イリスが拳を握る。

悔しいというように、奥歯をぐっと噛む。

「このようなこと、このようなこと……絶対に認められませんわっ！」

吠えて、突貫してきた。

しかし、その動きは鈍い。

ダメージが蓄積されていることもあるだろうが……以前戦った時の怪我は、まだ完治していないのだろう。若干ではあるが、痛みが残っていたのだろう。

完治したというのは強がりであり、俺に弱味を見せないためのハッタリ。

本当に完治しているのなら、こうはいかないはず。イリスよりも先に俺が倒れる結果になってい
ただろう。

このタイミングでイリスと対峙することができた。運も俺に味方してくれている。

イリスを助けろと、運命がそう言っているかのようだ。

「うあっ⁉」

突貫するイリスを迎撃して、さらに追撃を加える。

拳と蹴撃の乱打。

イリスの体力を、抵抗を……そして、戦う意思を奪っていく。

「くっ、あぁ……このようなことが、ありえるなんて……！」

「悪いが、ここで終わりにさせてもらうぞ」

……実のところ、俺は限界に近い。

体のあちこちが傷ついていて、動く度に骨が砕けるような激痛が走る。というか、実際にヒビく
らいは入っているだろう。

イリスの魔法や攻撃を避けてはいるものの、直撃をしていないだけでかすってはいるのだ。絶大
な威力を誇るイリスの攻撃は、かするだけで相応のダメージをもらってしまう。

俺の体はボロボロだ。

服に隠れて見えないだけで、相当、悲惨なことになっているだろう。ちょっとでも気を抜いたら、そのまま気絶してしまいそうだ。

でも、このチャンスを逃すわけにはいかない。

イリスを、これ以上、放置しない。これ以上の暴走はさせない。

今日ここで、全てを終わらせる！

「このようなところで、わたくしは……人間を殺して、殺し尽くして……！」

「もう終わりにするんだ」

「レインさまも、わたくしの復讐を否定するのですか⁉」

「否定はしない。イリスの復讐は正当な権利だと思っている」

「なら……！」

「でもさ……殺すためだけに生きているなんて、寂しいじゃないか」

「それ、は……」

「楽しいことは、他にたくさんあるんだ……楽しいことが、世の中には光があふれているんだ。それなのに、その光に触れることなく、ただ、深い闇の底にいるだけなんて……そんなの、あまりに寂しいだろう？」

「わ、わたくしは……」

「だから、ここで終わりにしよう。いや……終わらせる」

「っ」

イリスはわずかに、迷うように視線を揺らした。

それは、ほんの一瞬だったけれど、確かに俺の言葉が届いたのかもしれない。

それでも、イリスは諦めない。諦めることができない。

他の生き方を知らないと、泣くかのように吠える。

「うあああああああああぁっ！」

なりふりかまわない特攻。

そんなイリスの一撃は……俺に届いた。

「ぐっ……！」

右胸をイリスの拳が打つ。

ボキィッ、と骨が折れる音が聞こえた。その衝撃が体の中を走り回り、内側から体を食い破ろうとしている。

一瞬、意識が飛んでしまう。

でも、ここで倒れるわけにはいかないから……俺はすぐに現実へ戻り、歯を食いしばる。

痛みを耐えて……

心を殺して……

「終わりだ」

俺に一撃を与えて、隙を見せているイリスの首に、蹴撃を叩き込む。

あえて一撃を受けて、その間にカウンターを放つ。

そんな捨て身の戦法は……通じた。

「っ……!?」

確かな手応えを得た。

イリスの体が震えて……やがて、膝から崩れ落ちた。


「うっ……あぁ……」

イリスの意識はまだ残っている。

しかし、立ち上がる力は残っていないらしく、体を震わせるだけだ。

「……ふぅ」

緊張の糸が切れて、俺も床に座り込んでしまいそうになる。

でも、ギリギリのところでこらえて、吐息をこぼすだけに。

「終わりだな」

「くっ……」

イリスは床に手足をついたまま、こちらを見上げて、睨みつけてきた。

まだ終わっていない。

まだ復讐を諦めていない。

鋭い目がそう訴えていて、ふらつきながらも立ち上がる。

「まだ、ですわ……まだわたくしは、まだ……このようなところで！」

「イリス、お前、そこまでして……」

イリスの想いの強さを目にした俺は、ふと、泣きそうになる。

強い復讐心《ふくしゅうしん》を持つということは、それだけ失ったものを愛していたということだ。彼女の深い想いを知り、なんとも言えない気持ちで胸がいっぱいになる。

「わたくしはっ！」

「……もういい。もういいから」

「あっ……」

衝動的にイリスを抱きしめた。

彼女が寂しさと悲しみに、一人震えているような気がして……それをどうしても止めたくて、気がつけば彼女を抱きしめていた。

「レイン……さま？」

「ここで終わりにしよう。これ以上、傷つく必要はないんだ」

「……」

イリスはぽかんとして、こちらを見ていた。

憎しみとか敵意は消えていて、年相応の女の子の顔をしている。

「また……抱きしめられてしまいました」

「また？」

「いえ、なんでもありません。少し、昔のことを思い出しただけですわ」

イリスは小さく笑い、言葉を続ける。

「そう、なのですね……誰かに抱きしめられるということ。誰かの温もり。あの日、あの時、教えていただいたはずなのに、わたくしは、いつの間にかそれを忘れて……あぁ。本当に、なにをしていたのでしょうか、わたくしは」

イリスがなにを思い、なにを考えているのか、それはわからない。

ただ、いつか見せてくれた笑顔を浮かべていた。優しい純粋な笑顔を浮かべていた。

ややあって、イリスはそっと俺から離れた。

一歩、二歩、三歩……しばらく歩いて、足を止める。

振り返ると、さきほどまでの雰囲気を取り戻していて、自嘲めいた笑みをこぼす。

「まさか、この遺跡の中でわたくしが負けるなんて。しかも、一対一で……ふふっ。ここまでくると、かえって清々しいですわ。悔しいという気持ちも、どこかへ消えてしまいます。レインさまは、いったいどのような手品を使ったのやら」

「覚悟を決めただけだよ」

「そういえば、そう言っていましたわね」

イリスは、何かを考えるように目を閉じる。

いったい、何を思っているのだろうか？

その心は、イリスにしかわからない。

「……さすが、と言っておきますわ」

ややあって目を開けて、イリスは小さく笑った。

「人間の覚悟、見せてもらいました……このような力を持っていたのですね」

「実を言うと、俺もボロボロなんだけどな」

「ふふ……わたくしと戦ったのですから、それは仕方ないかと。本当に無傷でいられたら、わたくしのプライドはズタズタになってしまいますわ」

戦いを終えたからだろうか？

それとも、さきほど、抱きしめたことが関係しているのか？

イリスは憑《つ》き物が落ちたような顔をしていた。

「……人間が、全てレインさまのような方ならよかったのに」

「……イリス……」

「そうすれば、わたくしは復讐なんて……いいえ、やめておきましょう。つまらないことを考えてしまいました」

ふらふらとよろめきながら、イリスが立ち上がる。

今すぐに倒れてしまいそうだ。

「大丈夫か？」

手を差し伸べようとするが、首を横に振られてしまう。

「ふふっ……おかしなことを。わたくしをこうしたのは、レインさまなのですよ？」

「それはまあ、そうなんだけど。でも別に、イリスを殺すつもりはないから」

「それは……」

「俺はイリスを封印したいだけで、殺すつもりなんてないんだよ」

「……本当に、甘い方」

「そうなんだろうな。でもまあ、これが俺だ。レイン・シュラウド、っていう人間だ。こういう風に生まれて、育って……今更、変えることはできないさ」

俺の言葉に、イリスは柔らかい笑顔を見せた。

今までに見たことのない表情で、殉教者のような顔をしている。

そこまで考えて……ふと、嫌な予感がした。

「……さて」

「イリス？」

「わたくしは負けてしまいましたが……だからといって、素直にレインさまに封印されるつもりはありません。もちろん、外の人間達に討伐されるつもりもありませんわ」

「逃げられるとでも？」

「逃げられないでしょうね。正直なところ、わたくしは立っているのが精一杯。レインさまもボロボロですが……まだまだ動くことができるでしょう」

「なら……」

「諦めておとなしく封印されろ……と？」

「ああ、そうだ」

「そのようなことは、まっぴらごめんですわ。また、封印されるくらいならば……人間達に討伐されるくらいならば……わたくしは、自分で自分を殺しましょう」

イリスがパチンと指を鳴らした。

それに反応して、ゴゴゴッと遺跡全体が鳴動する。

「これは⁉」

「ふふふ……ありきたりですが、自爆装置というやつですわ。いざという時のための切り札……敵もろとも、全てを葬り去る機構」

「くっ」

こんなものを用意していたなんて……油断した！

「イリス！」

「戦いには負けましたが、勝負には勝った、というところでしょうか？」

イリスは笑い、もう一度、指を鳴らした。

その音に反応して、背後の扉が開く。

「レインさまは、そこからおかえりください。あなたを巻き込むつもりはありませんので」

「え……？」

「わたくしは、ここで、わたくしの意思で最後を迎える……その自由だけは、誰にも奪わせませせん。好きにさせません」

「イリスっ‼」

「……さようなら、レインさま」

イリスがにっこりと笑う。

その直後、イリスの足元が崩れた。


足場が崩れて、瓦礫が舞い上がる。

床に大きな穴が穿《うが》たれた。

その中にイリスが飲み込まれる。

俺は……

「ダメだっ、イリス！」

慌ててイリスの元に駆けた。

悲鳴をあげる体に鞭《むち》を打って、全力で走り……瓦礫と一緒に地の底へ落ちようとしていたイリスの手を掴《つか》む。

「ぐっ！」

「レイン様⁉」

かろうじて、イリスをつなぎとめることに成功した。床に腹這《はらば》いになるようにして、片手で体を支えながら、もう片方の手で宙にぶらさがる彼女を掴まえる。

イリスが落ちようとしている穴は深く、底が見えない。いくら最強種とはいえ、ここに落ちればおしまいだろう。

「何をしているのですかっ⁉　わたくしを助けるなんて……」

「助けるに決まっているだろう！」

「意味がわかりません！　わたくし達は敵同士でしょう⁉　わたくしが死ねば、全て、それで終わるというのに……どうして、このようなことを」

「なんで勘違いしているんだよっ」

ああもう。イリスは賢い子だけど、妙なところでひねくれているな。

そのせいで、こちらの意図が伝わっていなかったのだろうか？

なら、何度でも言ってやる！

「俺はイリスを助けたいんだよ！」

「なっ……」

「イリスの復讐は止まらない。そして、復讐の果てにイリスは死ぬつもりなんだろう？　だから俺は、イリスを止めようとした。封印することで、終わりにしようとした」

「それは……」

「イリスに生きていてほしいから。死ぬなんて、終わってしまうなんて……そんなことは認められないから。だから、こうして必死になってきたんだ！」

「……」

片手一本で繋《つな》がり、宙に浮いているイリスは、ぽかんとする。

やや間の抜けた顔で、こんな彼女は初めてだ。

「……ふふっ」

やがて、くすりと笑う。

「本当……ことごとく、わたくしの常識外の行動をとるのですね、レインさまは」

「人を驚かせるのは得意なんだ」

「そんなレインさまだから、わたくしは……」

惹かれたのかもしれませんね。

小さな声で、イリスはそう言った。

「くっ……！」

体のあちこちが悲鳴をあげているせいで、力が入らない。イリスを引き上げることはできず、現状維持が精一杯だ。

さらに、遺跡の崩壊も進んでいる。あちこちに瓦礫が落ちて、振動がどんどん大きくなる。

この様子だと、遺跡が崩壊するまで十分というところか……？

「イリス、早くこっちへ……！」

「ですが……」

「死んで、それで終わりにするなんて……それだけは絶対にダメだ！」

「レインさま……」

「死んだらそこで終わりなんだっ、なにもかもなくなってしまうんだ！　こんなことを言うのは卑怯だけど……イリスの仲間は、家族は、生きたくても生きることができなかったはずだろう⁉　だから、家族のために仲間のために……生きろ！」

「っ……⁉」

ショックを受けたような感じで、イリスは目を大きく開いた。

少しだけ迷うような間。

そして……イリスは、ぐいっと俺の手を掴んだ。

「それでいいっ」

イリスを引き上げようとした。

しかし、戦闘のダメージが残っていて、どうしても力が入らない。

「くっ……イリス、飛んでこっちへ……」

「すみません……わたくしも、もう力は残っていなくて」

「そっか……なら、そのまま、しっかりと俺の手を掴んでいてくれ。後は、俺がなんとかするから」

「レインさま……あなたは、どうして……」

「うん？」

「どうして、わたくしを助けようと……？」

「色々、あるんだけど……一言で言うなら、人だからかな」

「人間だから……？」

「イリスに生きていてほしいって、そう思ったんだよ。ただただ、生きていてほしいって……そういう風に思ったんだ」

「そんな、無茶苦茶な……理屈もなにもないではありませんか」

「そういうものなんだよ、人の心っていうのは」

「人の……心……」

俺の言葉を繰り返すイリスは、今までに見たことのない顔をしていた。

「くっ」

いよいよ遺跡の鳴動が激しくなってきた。

天井が崩れ、壁が倒れる。

床の穴も徐々に大きくなり、俺達を飲み込もうとしていた。

「レインさまっ、もういいですから！　このままでは、レインさままで……！」

「いいから！　絶対に助けるから！　イリスに生きていてほしいから、俺はここまで来たんだ……こんなところで諦めてたまるかっ」

「……レインさま……」

宙に吊《つ》られた状態で、イリスは驚きの感情を含んだ瞳で、こちらをじっと見つめた。

やがて、優しく微笑む。

「本当に……不思議な方なのですね」

「イリス？」

「こんなわたくしを助けようとするなんて……そんな人間、レインさまが初めてですわ。本当に愚かな方」

「バカだって言われても、やめないからな！」

「ふふっ……そのようなこと、言えませんわ。だって……そんなレインさまの気持ちを、わたくしは、うれしいと思っているのですから。愚かで……しかし、とても愛しい方」

イリスは変わらず、微笑みを浮かべていた。

なんだろう？

なぜか、すごく嫌な予感がした。

「理屈なんて関係なく、ただただ、思うように行動する……それが人の心。少しではありますが、わたくしも理解できました」

「なにを……」

「思えば、このようなことをするのは初めてですね。誰かのために動くということ。長い間、生きてきましたが、本当に初めてで……」

「イリス、何を言っているんだ？　それよりも、しっかりと俺の手を……」

「レインさま」

俺の言葉を遮り、イリスが強い口調で言った。

「わたくしは、レインさまに生きていてほしいと……そう思いました」

「それは……」

「復讐だけを目的に生きてきましたが……最後に抱いた想いが、あなたのためにということ。ふふっ、とてもおもしろいですわね」

「……待て。待った、それはダメだ！」

イリスの考えていることを理解して、俺は声を張り上げた。

しかし、イリスはもうとっくに決めていたのだろう。覚悟をしていたのだろう。

だから、彼女を止めることはできなくて……

「レインさま。最後に、わがままを一ついいですか？」

「最後なんて言うな！　こんなところで……」

「もしも、再会できたのならば……その時は、わたくしと契約していただけますか？　それとも、わたくしのようなものとは契約できませんか？」

「そんなことない！　そんなことっ……！」

「ふふっ、よかった」

イリスは穏やかに笑う。

そして……静かに言いながら、俺の手を振り払う。

「……さようなら。優しい優しい、ビーストテイマーさん……」

イリスの体が宙に浮いて、そのまま穴の中へ落下する。

俺は手を伸ばすけれど、でも、届かなくて……

「イリス――――っ!!」

イリスは最後まで笑みを浮かべていて……

そのまま、地の底に消えた。

◆

あれから一週間が経過した。

イリスが各地に残した影響は大きく、ギルドや騎士団はその対応に追われることに。

パゴスの村の再建、怪我人の治療、同じような封印がないかどうかの調査……ギルドと騎士団が連携して、各地で対応を行っている。

まだまだやることは山積みで、しばらくは混乱が続きそうだ。

ただ、悪魔が討伐されたということで、人々に笑顔が戻った。

うまくできなかった俺としては複雑な気持ちだけど……事件が解決したことは、よしとしておこう。そう割り切ることにした。


そして、俺はというと……討伐隊への不参加に独断行動と、ダブルで上の命令に違反したにもかかわらず、罰はなしとなった。むしろ、褒められていた。

俺が討伐隊に加わらなかったのは、作戦が失敗した時の保険。

そして独断行動は、事前にイリスの罠に気がついていたため、身を以《も》ってみんなを助けるためにあえてしたこと。

気がつけば、そんな感じで話が完結していた。

俺は、好き勝手やっただけなんだけどな。

罰を受ける覚悟だったため、拍子抜けしたといえば拍子抜けした。本当はそうじゃない、と真実を口にしようか考えた。

ただ、意味なく混乱させる必要はないし、なにもないのならそれでいいじゃないか、とみんなに諭されてそのままにしておいた。

色々とあったけれど、冒険者をやめたいわけじゃないので、よしとしておく。

アクスとセルが全てを告発していれば、こうはならなかったのかもしれないけど……二人は何も言わず立ち去った。

それは、二人なりの優しさだったのかもしれない。

そんなこんなで、事情聴取が終わった後は俺達も後処理に参加した。体を動かすことで、余計なことを考えないで済むと思ったから、ひたすらに励んだ。

考えを、想いをまとめる時間が欲しい、というのもある。

そうして、さらに一週間が過ぎた。

◆

俺は、イリスが封印されていた山に来ていた。

ただし、祠《ほこら》の跡地じゃない。

見晴らしのいい丘に、みんなと一緒に集まっている。

「レイン、こんなところかな？」

カナデが、近くで摘んだ花を見せてきた。

「ああ、十分だ。ありがとうな」

「ううん、これくらいおやすいごようだよ」

「はい、こっちも終わりよ」

タニアが木で作った十字架を持ってきてくれた。

けっこう綺麗で、しかもちょっとした細工も施されている。こういうの、得意なのかな？

「タニアもありがとう」

「ま、これくらいならいつでもやってあげるわよ」

言いながら、タニアは地面に十字架を立てた。

そして、カナデが花を添える。

「「ホーリーブレス」」

ソラとルナが魔法を唱えた。

十字架を中心に、淡い光が広がる。

対象に祝福を与えるという、主に神官などが使う魔法だ。

「「……」」

ニーナが十字架の前で膝をついて、両手を合わせて、目を閉じて祈る。

頭の上に乗っているヤカン……ティナも、じっとしていた。

ニーナと同じように、祈っているのだろう。

「……」

二人に続いて、俺も祈りを捧《ささ》げた。

カナデ、タニア、ソラ、ルナも続く。

「ふぅ」

しばらくして、そっと目を開けた。

俺と同じように、みんなも目を開ける。

そんなみんなを見て、俺は静かに声をかける。

「ありがとう、みんな。俺のわがままに付き合ってくれて」

二週間経って、ようやく色々な後処理が終わり自由に動けるようになったため、イリスの墓を作ることにした。

あんな事件を引き起こしたので、当然、イリスの墓なんて作られていない。むしろ、恐怖と破壊を撒《ま》き散らした悪魔として語り継がれていくだろう。

でも……それは、あまりに寂しいと思った。

誰もイリスの過去を知らないから仕方ないのかもしれない。知っていたとしても、村を壊滅させているので、同情せずに怒る人の方が多いかもしれない。

それでも。

死んだ後も怒りをぶつけられるなんて、寂しいし、悲しすぎるじゃないか。

だからせめて俺だけは、イリスのことを覚えていることに。そのための方法の一つとして、墓を作ることにした。

天族が住んでいたところはわからないから……見晴らしのいいところでゆっくりと眠ってもらえるように、ここを選んだ。

「……」

イリスの墓を見ていると、なんともいえない気持ちになってしまう。

この下にイリスはいない。

本当は、遺跡と共に……消えた。

あの時のことを考えると、今でも胸が痛い。

もっと、他にやり方があったのでは？

なにがなんでも、手を離さないでおけば？

そんなことばかり考えてしまう。

考えても仕方のないことなのだけど、それでも後悔は消えてくれない。

「レイン」

気がつくと、カナデが俺の手を両手で握っていた。

「レインはがんばったよ」

「……カナデ……」

「私はその場にいたわけじゃないけど……でもでも、レインの気持ちはイリスに届いていたと思うよ。だって……最後は笑っていたんだよね？」

一部始終はみんなにも伝えている。

「こんな結果になっちゃったけど……だけど、レインがしたことは無駄なんかじゃないよ。それに、ダメなことをしたわけじゃなくて、最善の行動をとって、他に道はないわけで……うにゃ？」

話しているうちに混乱してきたらしく、カナデがコテン、と小首を傾げた。

こういう話、カナデはあまり得意じゃないからな。

なんか、ちょっと笑えてきた。

「とにかく」

横からタニアが口を挟んできた。

厳しそうな顔をしつつも、声はどこか優しい。

「レインは、他の誰にもできないことを成し遂げた、っていうことよ」

「……タニア……」

「胸を張りなさいよ。あんなこと、他の誰にもできないんだから。そりゃあ、全部が全部うまくいったわけじゃないけど……でも、いつまでも後悔してても仕方ないでしょ？　そんなこと、あのイリスが認める？　ううん、認めないわ。きっと、こう言うわね」

「わたくしに勝ったのですからもっと誇ってくださいませ、という感じだな！」

「あっ、あたしのセリフ⁉」

ルナにセリフをかっさらわれて、タニアがガーンというような顔をした。

そんな二人をよそに、ソラが柔らかく笑いかけてくる。ルナも一緒になり元気に笑う。

「レインに暗い顔は似合いません。いつものように笑っていてほしいです。イリスも、そちらの方が好みですわ、と言うはずだと思いますよ」

「うむ。我が姉の恐ろしいほど似ていないモノマネはともかく……我も同意見なのだ。そんな顔をしていたら、落ち着いて眠ることはできん。我ならそう思うぞ」

「ルナはどんなことがあっても、おいしいごはんを食べたら、スッキリぐっすり寝ていますけどね」

「……そんなことはないのだ」

「ソラの目を見て言ってください」

「と、とにかく！　しょんぼりするのはこれで終わりなのだ。これからは、前みたいに元気を出してほしいのだ。難しいかもしれぬが……でも、我らがいるのだ！」

「そうですね……ルナの言う通り、ソラ達がいます。頼ってください」

二人の言葉が心に染みる。

なにもできなかったという無力感が、少しずつ癒やされているのがわかる。

もしも今、一人だったらどうなっていたことか。

「ん……わたしも、そう思うな。みんな、笑顔がいい……よ？」

「せやな。ニーナの言う通りや。レインの旦那は、笑顔が一番や。ウチらを笑顔にしてくれたように、レインの旦那も笑わんと」

「うん……みんな、にっこり。レインも、にっこり。これ……一番」

「というわけで、笑おうな。最初は空元気でも、そのうちほんまもんになるでー」

ニーナとティナも会話に参加してきた。

ティナの姿は見えないのだけど、でも、優しく笑っているような気がした。

そんな二人の想いがよく伝わってくる。

「……ありがとう」

みんな、俺のことを気遣い、気にしてくれている。

そのことがとてもうれしくて、胸が温かくなるような気がした。

「……そうだな」

いつまでも引きずってもいられないか。

後悔はすぐには消えない、イリスのことはすぐには忘れられない。

でも、俺はまだ生きているから。

こうして、みんなと一緒にいるから。

前を向いて、歩いていかないといけない。

「……」

最後にもう一度、イリスの墓を見る。

そして、心の中で告げる。

色々あったけど……やっぱり、イリスのことは嫌いになれない。むしろ、好ましいと思っていたのかもしれない。

だから、今はゆっくり休んでほしい。

……さようなら。

～ Iris Side ～

ゆっくりと目を覚ましました。

仰向けに寝ているらしく天井が見えます。しかし、見覚えのない天井です。

「えっと……？」

ここはどこなのでしょうか？

部屋……ということはわかりました。そこのベッドに寝ているらしいということも、なんとかわかりました。

しかし、一切の照明がありません。

代わりに窓が開かれていて、月明かりが差し込み、わずかに部屋を照らしています。

きらびやかな装飾が施された家具が並んでいるのが見えました。他にも、絵画や彫刻などの美術品。また、剣や鎧《よろい》などが飾られていました。

人間の貴族の部屋、という感じでしょうか？

しかし、人間の気配は感じられません。より正確にいうのならば、生活感が感じられません。

なぜ、このようなところに？

不思議に思いながら、体を起こそうとして……

「うっ……あ⁉」

体のあちこちに激痛が走りました。

突然の刺激に驚いて、思わず悲鳴をこぼしてしまいます。

「はぁっ、はぁっ……」

痛みに耐えきれず、再びベッドに寝てしまいました。

今の痛みはいったい……？

「あまり無理をしない方がよろしいですよ」

不意に声が響きました。

この部屋に、人間の気配はなかったはず……？

痛みを無視して、無理矢理体を起こしました。

振り返ると、一人の女が。

「あら。もう起き上がることができるんですか？　しばらくは寝たきりだと思っていたのですが、さすがですね」

女の歳は、二十代半ばといったところでしょうか？

背は高く、凹凸のハッキリとした体。そんな体を売りにしているかのように、露出度の高い服を着ていました。

そして……一際目を引くのが、その瞳。血のように赤い色をしています。

わたくしも赤い瞳をしていますが、それよりもさらに濃い赤。見ていると、思わず吸い込まれてしまいそうな、そんな不思議な感覚を得ました。

「あなたは……人間ではありませんわね？」

「正解です。よくわかりましたね？」

「わたくしの大嫌いな匂いがしませんでしたので」

一度起き上がることができれば、体の痛みも慣れてきました。多少の無理をしなければいけませんが、動けないほどではありません。

痛みは変わらずに続いているため、きついといえばきついのですが……この女に弱っているところを見せるつもりにはなれず、無理をして立ち上がりました。

「無理しない方がいいですよ」

こちらの心の中を覗《のぞ》いたように、女はそんなことを言いました。

「立っているだけでも辛いでしょう？　そこの椅子にどうぞ」

「あなたは……」

女の言葉の真意を測るものの、なにもわかりませんでした。

女は純粋にこちらの心配をしているようであり……それでいて、どこまで動けるのか観察をしているみたいでもありました。

善意と悪意が混在しているようで、対応に困る相手です。

「……では、お言葉に甘えて」

バレているのなら、強がっても意味はありません。

それと、実際に辛いところでもあったので、素直に椅子に座りました。

「それで……あなたは誰なのですか？　その匂いは人間ではなくて……魔族ですわね？」

「あら。そこまでわかるんですか？」

「わかりますわ。あまり、舐《な》めないでくれませんか？」

「ふふ……失礼しました。そのような意図はなかったのですが、知らず知らずのうちに、試すようなことをしてしまったみたいですね」

どうだか。

きっと、この女は呼吸をするように嘘をつく。

どれだけ信用できるか怪しいものでした。

「私の名前は、リース。魔族です」

「素直に認めるのですね」

「隠している意味なんてありませんから」

「素直なのはいいことですが……魔族であることを認めてもいいのですか？　魔族は、全ての生き物の天敵ではありませんか」

「そうですね。しかし……あなたは違うでしょう？」

「わたくしのことを知っているのですか？」

「ええ、もちろん。文献などで調査して、記録にも残っていますからね」

「……」

「最強種でありながら人間を憎む方。そんなあなたなら、我々魔族とも仲良くできるのでは？」

「それは……」

「きっと、あなたと私なら、良い関係を築くことができる。そう思ったので、素直に魔族であることを明かしたんですよ」

「……なにを期待しているのですか？」

「今は何も」

女は笑いました。

魔法を使い、人間に化けているのでしょう。

しかしその笑顔は、人間のものとは思えないほど悪意に満ちていました。

「なぜ、助けたのですか？」

この女に助けられたことは、ほぼ間違いないでしょう。

しかし、その目的がわかりません。

本来ならば、わたくしのような最強種は、魔族の天敵であるはずなのに。

「あなたをスカウトしようと思って」

「スカウト？　魔族の手先になれと？」

「うーん、ちょっと違いますね。あなたほどの逸材を手先として扱うなんてできませんからね。協力関係を結びたいんですよ」

「協力……ねぇ」

果たして、魔族などを信用してもいいのでしょうか？　疑問が湧き上がりますが……とはいえ、助けられたのも事実。

少しは話を聞いてもいいかもしれませんね。

「私、一部始終をこっそりと見ていましたが……まさか、天族であるあなたを、ただの人間が打ち倒すなんて驚きました。驚きすぎて、思わず助けに入るのが遅れてしまいました。あとちょっとで見殺しにしてしまうところでしたね」

「見ていたのですか？」

「それはもう、バッチリと。でないと、タイミングよく助けることなんてできませんからね」

「……悪趣味ですわね」

「不快感を抱いたのなら謝罪しましょう」

女は形ばかりの礼をした。

「はぁ。もういいですわ。それよりも、何をさせたいのですか？」

「ですから、それは……」

「協力関係にならない限り、答えることはできないと？　そのような態度では、こちらもどうするか、答えることはできません」

「ふむ」

「先に目的を話しなさい。話はそれからですわ」

「ふふっ、いいでしょう」

女が再び笑いました。

今度は、狂気を孕《はら》んだ笑みでした。

「私達、魔族の目的はどんなものか知っていますか？」

「あなた達、個人に目的なんてものはないでしょう？　強いてあげるのならば、魔王に従う、ということ。それがあなた達、魔族の目的ですわ」

「正解です。私達は魔王様の命令を聞き、魔王様の願いを叶えるために動きます。そして、そんな魔王様の目的は……人類の抹殺。いえ、処分。それを第一としています」

「それは知っていますわ」

「ですが、今の魔王様は休眠期で、まともな意識を保っていません。故に、私達が積極的に活動をすることもありません。勝手に動いてしまったら、後で怒られてしまうかもしれませんからね。事実、過去にそういう事例がありましたし。まあ、軽く暴れる程度なら問題ありませんが……やっぱり、大きく動くことは禁じられているんですよ」

「興味深い話ですわね」

「ただね」

女が……リースが再び笑う。

やっぱりというか、悪意に満ちていて、見ているだけで嫌悪感が湧き出てきます。

「私は跳ねっ返りなので。やったらダメですよ、って言われると、やってみたくなるんですよ。だって、魔王様はいつ目覚めるかわからない。それをじっと待っているなんて、退屈でしょう？　だから、遊びたいんですよ、私は」

「それで……？」

「遊びたい、とは言いましたが、私、それほど強くないので。一人だと、すぐにやられちゃいそうなんですよね。だから、強い仲間が必要なんです。で、あなたに目をつけたというわけです」

「あなたに協力しろ、と？」

「ええ、そうですね。魔族である私の目的は、魔王様と同じ。人間を殺すこと。その点において、利害が一致しているのでは？」

「それは……」

なぜか、すぐに答えることができませんでした。

人間は憎い。

復讐の対象です。

しかし、あの方の姿が思い浮かび、以前ほどの激情を燃やすことはできませんでした。

「まあ、まずは傷を癒やすことが優先ですからね。今すぐに答えなくても構いませんよ。今はゆっくりとしてください」

では、と言って、リースは闇に溶けるように消えました。

一人残されたわたくしは、そっと、胸に手を当てます。

「あの女の誘いに乗れば、わたくしは復讐を続けることができる。それなのに、どうして、うれしくないのでしょうね？　わたくしの中で、何かが変わってしまったのでしょうか？　だとしたら、それは、レインさまの……」

窓まで歩いて、ガラスに映る自分を見つめました。

「あなたは、どうしたいのですか……イリス」

◆

中央大陸にある王都ロールリーズ。

繁栄を極める都の奥に位置する王城。

その謁見の間に、中央、南、東の三大陸を治める王、アルガス・ヴァン・ロールリーズの姿があった。

齢六十を超えているというのに、その身に纏《まと》う覇気はまったく衰えていない。鋭い眼光で部下達を玉座から見下ろしている。

そんなアルガスの前に……アリオス達の姿があった。

アリオス、アッガス、リーン、ミナ……勇者パーティーと呼ばれ、人々の賞賛の声を受けるはずの一行が平伏して、冷や汗をかいていた。

「アリオスよ」

重厚なアルガスの声が響いて、アリオスの体がビクリと震えた。

「なぜ、ここに呼ばれたのか……わかっているな？」

「そ、それは……」

「悪魔を解放した後、証拠隠滅のために目撃者の冒険者を殺害した。さらに、悪魔と手を組むことで退治したと見せかけ、己の手柄と偽った。何か言いたいことはあるか？」

「僕はそのようなことはしていません」

アルガスの厳しい視線を受けても、アリオスは己の非を認めなかった。

「ほう？　現地の村人達からの陳情が届いているが、それは？」

「村人達を救いはしましたが、苦境に立たせるような真似はしていません。おそらく、恐怖のあまり混乱しているのでは？　悪魔はそれほどの相手でしたからね」

「では、ギルドからあがってきている報告については？」

「何も心当たりはありません。こちらも混乱しているのでしょう、何かの間違いです」

「自分に非はない、と言うか」

「はい」

アリオスはしっかりと答えた。やましいことは欠片もないというように、堂々とした態度だ。

そんなアリオスを見て、王の周囲にいる側近達は迷いを覚えた。

ギルドの報告が間違っていたのでは？

村人達は、何か勘違いをしているのでは？

なにしろ、アリオスは勇者なのだ。そのようなことをするわけがない。

『勇者』という存在を神聖に扱うあまり、側近達はそんな風に思考を走らせる。

しかし、王であるアルガスは惑わされない。

「愚か者がっ！」

「っ⁉」

雷鳴のようなアルガスの怒鳴り声が響いて、アリオスは顔を強張らせた。同じく、アッガス達もビクリと震えた。

アルガスは王だ。

他の誰かに操られるような愚王ではなくて、己の足でしっかりと大地を踏みしめる賢王だ。

そんな王の目を欺くことができるだろうか？

答えは、できるわけがない……だ。

「そのようなつまらぬ嘘が通じると思ったか⁉」

「し、しかし、これは事実であり嘘などということは……」

「この期に及んで、まだ嘘を重ねようとするか……反省することもなく、己の保身を考えるばかり。なんと愚かな」

アルガスの機嫌が急速に下降していく。

それを察して、アリオスの顔色も悪くなる。それから、さらに必死になって自己弁護を重ねるが、それが逆効果だということに気づかない。

結果、アルガスの機嫌は最底辺に達した。

「……もういい」

うんざりとした様子で、アルガスは手を払う。顔も見たくないという様子だ。

「今はまともな話ができないようだな。まずは、頭を冷やしてくるがいい。騎士よ、アリオス達を牢《ろう》へ」

「なっ⁉」

勇者である自分を牢に入れる？

ありえない言葉を聞いて、アリオスは絶句した。

しかし、アルガスの目は本気だった。

そして、その命を受けた騎士達も本気だ。アリオス達のところへ歩み寄り、左右から腕を押さえる。

「さあ、こちらへ」

「くっ……そんなバカな⁉　僕は勇者だ！　それなのに、なぜ牢屋《ろうや》なんかに……」

「心配しなくても、一晩で出してやろう。それまでは頭を冷やして、反省するがいい」

「王よっ、このようなことは……！」

「黙れ。今日はもう、お主の言葉を聞きたくない。顔も見たくない。牢で己の罪と向き合うがいい」

「くっ」

アリオスの顔が大きく歪む。怒り、焦り、屈辱……色々な感情が顔に出た。

ここで騎士達を振り払うことは簡単だ。いかに鍛えられた騎士とはいえ、勇者に敵うことはない。

しかし、王の目の前でそのようなことをすれば、反旗を翻したも同然。いくら勇者といえ、それは越えてはならない一線だ。勇者という立場から一転して、反逆者に堕ちてしまう。

そのことを理解しているため、アリオスは歯をギリギリと噛みながらも、おとなしく騎士達に連行された。

ただ、最後までアルガスを睨みつけていた。


「ふう」

アリオス達が消えて、アルガスは玉座に深く背中を預けた。

自然と重い吐息がこぼれる。

「まさか、あのようなことをしでかすとは……」

アリオス達がやらかしたことを考えて、アルガスは苦い顔になる。

プライドが高く他人を顧みないところはあったものの、まさか、ここまで愚かなことをしでかすなんて。頭の痛い話だ。

こめかみの辺りを指先で押さえつつ、アルガスは考える。

アリオスがしたことは、到底、許されることではない。本来ならば、罪人として裁き、投獄したいところだ。罰を与えるのならば、労働奴隷落ちか島流しだろう。

しかし、アリオスは『勇者』だ。

彼がいなくなると、魔王に対抗する術を失ってしまう。

魔王は現在、休眠期ではあるが、いずれ本格的な活動を開始して人類に牙を剝く。その時に勇者がいなければ、人類は絶滅するしかない。

アリオスは必要な存在なのだ。

しかし、だからといって、好き勝手をしていいわけではない。多少の問題なら目をつむるが、今回は明らかにいきすぎだ。

反省してくれればいいが、さきほどの態度を見る限り、期待はできそうにない。

どうするべきか？

「どうにかして、アリオスのコントロールをしたいところではあるが……ふむ。報酬で釣るか？いや、さらに増長させるだけか。今まで、好きにさせていたのが間違いというのならば、監視役をつけるか。それで、ある程度のコントロールを……」

ぶつぶつとつぶやきながら、アルガスは今後のことを考えていく。

思考を走らせて、色々な策を練り上げる。

「そうだな……まずは、それでいくとするか。監視の目があれば、そうそう簡単にバカなことはしないだろう。しばらくはそれで様子を見て、正しき道に戻るのならばよし。それが叶わないのならば……勇者の交代も考えておこう」

◆

「くそっ！」

王城の地下……その牢に入れられたアリオスは、苛立ちをぶつけるように壁を殴った。

パラパラと埃《ほこり》と砂が落ちるが、それだけだ。頑丈に作られた部屋が壊れることはない。

「……落ち着いたらどうだ？」

同じ部屋に放り込まれたアッガスが、そう言った。

ちなみに、リーンとミナは対面の牢に入れられている。

一晩だけとはいえ、さすがに男女を同じ牢に入れておくことには問題があったからだ。

「落ち着いていられると思うのか⁉　勇者であるこの僕が牢に入れられるなんて……くそっ、くそくそくそ！　こんな屈辱、生まれて初めてだ！」

アリオスは拳を震わせて、次いで、顔を赤くした。

それから、牢の外に向かって声をぶつける。

「おいっ、誰かいないか⁉　すぐに僕をここから出せっ！　勇者である僕を牢に入れるなんて、頭がおかしいんじゃないのか⁉」

「静かにしてください、勇者さま。今のあなたは、ここがお似合いですよ」

事情を知る見張りの兵士に蔑むような視線をぶつけられて、アリオスはさらに怒りを膨らませる。

しかし牢は頑丈にできていて、オマケに魔力を吸収する結界が展開されている。

どうすることもできない。

「勇者さまも堕ちたものですね……失望しましたよ」

「このまま、ずっと閉じ込めておけばいいんじゃないか？」

「ははっ、そいつはいいな。この後、王に提言してみるか？」

「くそっ！」

ガシャン、とアリオスは鉄格子を叩いた。

そんなことはおかまいなしに、兵士達は軽口を叩き合う。

「ちょっとちょっと、アリオスってば。騒ぎ過ぎだから。アッガスの言うように、少し落ち着いたら？」

対面の牢に入れられているリーンが口を開いた。

そんな彼女を、アリオスは牢越しに睨みつける。

「こんな扱いをされて黙っていろというのか⁉」

「そりゃ、あたしだってこんなのは納得できないけどさー……」

「ですが、今回のことは……」

リーンに続いて、ミナも気まずそうな顔に。

そんな二人を見て、アリオスはさらに苛立たしそうにする。

「なんだ？　何が言いたい？」

「……これは、お前の責任だ。アリオス」

アッガスがきっぱりと言い放つ。

咎《とが》を指摘されたアリオスは、みるみるうちに顔が険しくなる。

「それはどういう意味だい？　この僕のせいだとでも？　あの天族を利用することは、みんなも納得してのことだったただろう？」

「そうだな。それについては否定しない」

「なら……！」

「しかし、案内人の冒険者を殺したという話は聞いていない」

「っ」

痛いところを突かれたというように、アリオスは思わず言葉を止めてしまう。

「天族を利用しようとしただけならば、まだなんとかなった。相手を油断させるためとか……色々と言い訳はできる。しかし、冒険者を殺したというのであれば、もう言い訳ができない。なぜ、そんなことをした？」

アッガスはそう問いかけるが、実のところ、ある程度は予想がついていた。

アリオスは用心深い男だ。というよりは、他人を信じることのない性格をしている。故に、冒険者が事件を口外してしまうことを恐れたのだろう。

そして、最終的に口封じを選んだ。

「……君に話す必要性を感じられないな」

「そうか」

答えをはぐらかされるものの、アッガスは一言、そう答えるだけで済ませた。

その表情はひどく冷めている。

「あのさー」

対面の牢から、リーンが話しかけてきた。

「アリオスにはアリオスの考えがある、っていうのはわかってるんだけどさ……さすがに、殺したのはまずいって。脅すくらいにしといた方がよかったんじゃない？　まあ、そんな話をしても手遅れなんだけどさ」

「リーンまで、僕の行動に異を唱えるのか？」

「だって、あたしらがこうなったのって、冒険者を殺しちゃったことが大きいじゃん？　ぶっちゃけ、アリオスのせいでしょ」

「私も、リーンの意見に賛成です。もっと、他にやりようがあったのではないかと思います」

「ぐっ」

次々と仲間に否定の言葉を浴びせられて、さすがのアリオスもたじろいでしまう。

それから……気がついた。

アッガスも、リーンも、ミナも……皆、冷たい視線を自分に向けている。

こうなったのはお前のせいだ。

余計なことをしたせいだ。

視線がそう語っていた。

「くそっ！」

アリオスは逃げるように簡易ベッドに移動して、そのまま寝てしまう。

自分に都合の悪い展開になると、その事態に向き合おうとせず、逃げてしまう。アリオスの悪い癖だった。

とはいえ、アリオス一人を責めることもできない。冒険者の殺害は予想外だったとはいえ、アッガス達は、イリスを利用することには賛成をしたのだ。

手を汚しているか、汚していないか。その違いがあるだけで、根本的なところは何も変わらない。

アリオスと同じことをしていることに変わりはなく、責任を追及されたとしたら、そこから免れることはできない。

そのはずなのに、アッガス達は、アリオス一人を責めて己の罪と向き合おうとしない。目を逸らして、自分は悪くないと態度で示している。

なかなかに救えない話だった。


「……リーン、ミナ。少しいいか？」

アリオスに聞かれないように、アッガスは声を潜めて対面の牢に語りかけた。

「ん？　どしたの？」

「最近、アリオスの暴走が激しいと思わないか？」

「それは……」

ミナが口ごもる。

アッガスと同じことを考えていたみたいだ。

「天族を利用すると言い出して、さらに冒険者を殺して……聞けば、ホライズンに魔族が現れた時も、なにかしら関与していた可能性が高いという」

「えっ、それマジ？」

驚くリーンに、アッガスは静かに頷《うなず》いてみせた。

「詳しくはわからないがな。でも、なにかしら裏で動いていた可能性が高い」

「どうして、そのようなことをするのでしょうか？　魔族は、私達が倒さなければならない敵だというのに……」

「それはわからないが……とにかく、だ。ここ最近のアリオスの暴走は目に余る。現に、こうして牢に入れられるくらいだ」

「ここ、臭くて狭くてたまらないんですけど」

「私達は、このようなことで足を止めているヒマなんてないというのに……」

牢に入れられたことはアリオスだけの責任ではなくて、等しくパーティーにも問題がある。

しかし、そのことは自覚していない様子で、リーンとミナは被害者ヅラをして、げんなりとした表情を浮かべていた。

アッガスも似たような感じで、己の罪をまるで自覚していない。

「これからも同じことが起きないとも限らない。しかし、こんなことを繰り返すわけにはいかない。そこで……だ。俺は、アリオスを監視しようと思う」

「監視？」

「思えば、今まで誰にも止められることなく、アリオスは自由にしてきた。色々と好きにやりすぎた。その結果がコレだ。こうならないように、アリオスの行動を監視……時に、いきすぎた行為を行おうとした時は止めに入ろうと思う」

「んー……いいんじゃない？　そこら辺、アッガスなら任せられると思うし。適任じゃない？　ミナはどう思う？」

「そうですね……勇者であるアリオスの行動を見張るなんて、とは思いますが……アッガスの話にも納得できるところがありますね。わかりました。私も賛成します」

「決まりだな。今後、定期的にアリオス抜きで話をしたい。監視の報告、というところだ。構わないな？」

「はいはいー」

「わかりました」

仲間の行動を監視するという、おおよそ、普通のパーティーでは考えられないことが決定された。

そこに仲間の絆《きずな》というものはない。

あるのは、疑念と打算と自己保身だけだ。

……パーティー崩壊に、また一歩、近づいていく。

エピローグ　取り戻した日常

「帰ってきた――――っ！」

ホライズンの我が家へ戻り、カナデが元気いっぱいに大きな声をあげた。

一ヵ月くらい家を空けていたのだけど、色々なことがあったから、体感的にはもっと長く留守にしていたような感じだ。

「にゃふぅ、一番乗りぃ♪」

「あっ、コラ！　待ちなさいっ」

カナデが元気よく家に入り、その後をタニアが追う。

「みんな、元気だなあ」

「おじいさんのようなことを言わないでください。レインはまだ若いでしょう？」

「今のレインは、孫を見守るおじいさんみたいなのだ」

ソラとルナに、そんなツッコミを入れられてしまう。

マジか。今の俺、おじいさんみたいなのか……？

「よし……よし」

俺が落ち込んでいることを察して、ニーナが頭を撫《な》でてくれる。

ちょっと癒やされた。

「ほな、家に帰ろう。旦那さま」

「そうだな」

カナデとタニアに続いて、俺達も家の中へ。

「ふぅ」

家の中に入ったところで、ニーナの頭の上に載っているヤカンがぽんっ、と音を立てた。そこから、メイド服姿のティナが現れる。

家の中に入ったことで、外に出れるようになったのだろう。

「やっと、外に出ることができたわー。ずっとヤカンの中にいると、変な感じになるんよね」

「どんな……感じ、なの？」

「ウチって実はヤカン？　みたいな感じ？」

「ん……んー？」

よくわからないらしく、ニーナは小首を傾げていた。

そんなニーナに笑いかけてから、ティナがふわふわと浮き上がる。

そして……目を大きく開く。

「あぁ⁉」

「どうした、ティナ⁉」

「な、なんてことや。我が家が……埃《ほこり》まみれや！」

ティナの言う通り、家のあちらこちらに埃が溜《た》まっていた。

まあ、仕方ない。一ヵ月も家を空けて何もしていなければ、こうなるのが普通だ。

「ゆっくりしたかったんだけど、掃除が先みたいだな」

「おそーじ……んっ、がんばる」

ニーナはやる気たっぷりで、腕まくりをする。

「あかん。二人はじっとしてて」

なぜか、ティナに制止されてしまう。

「掃除はウチの仕事や。レインの旦那やニーナは旅の疲れが残ってるやろ？　ぱぱっとリビングを綺麗《きれい》にするから、そこで休んでるとええよ」

「いや、そういうわけにもいかないだろ？　ティナ一人に押し付けるわけにはいかないって」

「大丈夫やで。ウチ、メイドやったから掃除は得意やし……あと、移動中はほとんどヤカンの中におったからな。疲れてないし、問題ないで」

「でもな……」

「ええから、ええから。ほら、二人は座っとき」

ティナが魔法でほうきを操り、ササッと椅子を綺麗にする。

それから、俺とニーナをそこに座らせた。

「じゃ、始めるでー！」

こちらが介入する間もなく、ティナが一人で掃除を始めてしまう。

魔力を使い、複数のはたきを同時に操作。パタパタと棚などについた埃を落として、それから、ほうきで床を掃く。

さらに雑巾で床を拭いていく。

「……うん！　リビングはこんなところやな」

すごい。

あっという間に、リビングをピカピカにしてしまった。俺達の出番がない。

「ティナ……すごい、ね。ぱちぱち」

「せやろー、ウチ、すごいやろー」

「ん。すごい……よ」

「たははー、ストレートに言われると照れるなー」

そんなことを言いながらも、まんざらではない様子だった。

「さてと……みんなの部屋も掃除したいところやけど、今は休んでるみたいやから、後回しでええか。次はキッチンと、それから風呂……時間があれば庭もやっとくか。うし、燃えてきたでー！」

メイドだった頃の性なのだろうか？

ティナはやる気をみなぎらせて、はりきって掃除をした。

ティナが掃除を始めて、二時間ほどが経っただろうか？

みんなの部屋は後回しということだけど……それ以外のところは終わったらしく、家中がピカピカになっていた。

「おつかれさま」

「あ、レインの旦那」

掃除を終えて、一段落ついたティナを迎える。

ちなみに、ニーナは途中でうつらうつらと眠そうになってきたので、部屋で寝かせてきた。やっぱり、疲れが溜まっていたのだろう。

ニーナの分も含めて、ティナを労う。

「ありがとう。ティナのおかげで、すごく綺麗になったよ」

「あはは-、そう言われると、ちょっと照れくさいな」

「あと、ごめん。結局、ティナ一人に押し付けて……」

「気にしてないで。ウチ、元メイドやからな。掃除とかは得意やし……それに、レインの旦那のためなら、いくらでもがんばれるんやで?」

ティナはちょっと頬を染めて、はにかむ。

じっとこちらを見つめながら、その胸の想いを語る。

「レインの旦那は、幽霊なのにウチを受け入れてくれて、ホントの家族みたいに扱ってくれた。これ、すっごいうれしかったんやで？　それにウチの恨みも晴らしてくれたし、数えきれないほどの恩があるんや。だから、レインの旦那のために何かしたい、っていう気持ちがいつもあって……せやから、気にせんといて」

「って、言われてもな」

　ティナはそう言うのだけど、全てを押し付けるわけにはいかない。

　彼女はウチのメイドではなくて、仲間なのだから。

　そんな俺の迷いを読み取ったらしく、ティナが少し考えた後に口を開く。

「んー……なら、夕飯を作るの手伝ってくれへん？　久しぶりの我が家やし、今日は、ちょっと豪華にしようと思ってるんや。でも、一人じゃちょっと大変やから」

「ああ、オッケー。そういうことなら喜んで」

「ふふっ、おおきに」

　ティナと一緒に料理をすることになり、並んでキッチンに立つ。

　俺の料理スキルは普通だ。できないことはないけれど、得意というわけじゃない。男の料理は大雑把なところがあるから、なかなか……というところだ。

　なので、主導権を握るのはティナで、俺は助手を務めることにした。

「あ、そこの塩取ってくれへん？」

「はい、どうぞ」

「おおきに」

「ティナ、これはどれくらいかき混ぜればいいんだ？」

「んー、ちょっととろみがつくくらい？　箸で垂らして、糸を引くくらいでええよ」

「了解」

　ティナの指示に従いながら、調理を進めていく。

「ふんふ～ん♪」

なんとなく隣を見ると、ティナは機嫌よさそうに鼻歌を歌っていた。

こうしていると、俺達、新婚みたいだなあ。

とはいえ、そんな恥ずかしいこと、さすがに口にはできないのだけど。

あと、ティナは嫌がるかもしれないしな。

「あ、あのな？」

「うん？」

ふと、ティナがこちらに視線をよこした。

その頬は、うっすらとピンク色に染まっている。

「なんていうか、まあ、大した意味はないんやけど……」

「どうかした？」

「えっと、まあ。こうしていると、その……新婚みたいやなあ……って思わへん？」

「え？」

「あっ⁉　いやいやいや、なんでもないで⁉　なんでも！　今のなし！　聞かなかったことにして！」

ティナが真っ赤になる。

次いで、おおおおお、とよくわからない声をこぼしながら頭をおさえる。

「う、ウチは勢いに任せてなんていうことを……うぅ、は、恥ずかしい」

「えっと……そんなに恥ずかしがらなくても」

「だって！　ウチ、絶対におかしなこと言ったやろ⁉　レインの旦那も呆《あき》れてるし」

「そんなことないって。驚いてはいるけど……それは、ティナも同じことを考えていたのか、っていう驚きだから」

「え？　それって……」

「俺も、似たようなことを考えていたよ。こういうことをしていると、そう思うのが自然だよな」

「そ、そうなんや……レインの旦那も」

ティナがにやにやとして、ついでにもじもじとする。

次いで、こちらから視線を逸らした。

「どうした？」

「あ、あかん。今のウチ、絶対に変な顔をしとるから、こっち見ないでおいて」

「そんなことを言われても」

「す、少ししたら元に戻るから……だから、気にせんといて。うん。なんとか元に戻るから」

そう言うティナは、いつもと違う雰囲気があって、妙に新鮮な感じがした。

久しぶりの穏やかな時間。

ちょっとだけ妙な空気になってしまったのだけど……これはこれでいいか、なんてことを思うのだった。

◆

イリスの事件で慌ただしい日々を送ってきたので、一週間ほど休みをとることにした。先の一件でたくさんの報酬を得ることができたので、それくらい休んでも問題はない。

体を動かしてばかりだと疲れてしまうから、休養は大事だ。

なので、しっかりと休みをとるように。

……と、みんなに言っておいたのだけど。


「ふっ！」

朝……俺は外に出て、一人で訓練をしていた。基礎体力向上と近接戦闘の訓練だ。

みんなに休め、って言っておいてなんだけど、どうにもこうにも体を動かしてしまう。

あの時、もう少し俺に力があれば、もしかしたらイリスを助けられたかもしれない。今とは違う結果になっていたのかもしれない。

考えても仕方ないことなのだけど、それでも考えてしまう。

「あ――――っ⁉」

不意に大きな声が響いた。

振り返ると、カナデがジト目をこちらに向けている。

「レインっ、何をしているの？」

「えっと、これはその……」

「しっかりと休みをとるように、ってレインが言ったことだよね？　それなのに、当の本人は何をしているのかなー？」

怖い。

カナデは笑顔なんだけど、妙な迫力があった。

「えっと……」

「何か言うことは？」

「……ごめんなさい」

「うん、よろしい」

俺、ビーストテイマーなのに、テイムした相手に従っているよ。

「なんで訓練なんてしていたの？　休まないといけないっていうのは、レインが言い出したことだから、その必要性はよくわかっているよね？」

「そうなんだけどさ。体を動かしていないと落ち着かないっていうか、もっと力があればとか考えて……一人でいても余計なことを考えてしまうから、つい」

「にゃあ……」

カナデがなんともいえない顔に。

でも、それはすぐに笑顔に変わる。

「なら、私と一緒にいればいいんだね♪」

「え？」

「レイン、お散歩に行こう！」

「あっ、おい。カナデ!?」

ぐいぐいとカナデに手を引かれて、俺達は散歩に行くことになった。


早朝ということもあり、街は静かだ。人もほとんどいない。

そんな中をカナデと二人で散歩するというのは、どこか新鮮だ。

街を歩いて、広場を歩いて、丘を歩いて……一通り散歩したところで、公園にたどり着く。

「にゃふー♪」

カナデが公園の広場を駆けて、うれしそうな顔を見せた。野性の本能が刺激されているのかもしれない。

そんなカナデの姿を見ていると、沈んでいた心が楽になるのを感じる。

笑顔に癒やされるというか……一緒にいてくれるから、一人じゃないと思わせてくれる。とてもありがたい。

「んー、綺麗な花♪」

カナデは、花が咲いているスペースに移動した。

花だけではなくて、蔦《つた》などの色々な植物が群生している。

誰かが管理しているわけではなくて、ここは、自然に任せたスペースなのだろう。雑多としているものの……でも、これはこれで趣があって、綺麗だ。

「レイン、レイン。こっちに来て。一緒にのんびりしよう？」

「ああ、そうするよ」

カナデに呼ばれるまま、その隣へ。

一緒に自然に癒やされることにした。

「にゃ？」

ふと、カナデが動きを止めた。

その視線の先には、茶色がかった木の実が。

なんだろう、これは？

どこかで見たような気がするんだけど、思い出せない。

「……」

ふと、カナデの様子がおかしいことに気づいた。

視線がふらふらとしていて、瞳がとろんとしている。

それだけじゃなくて、頬が赤くなり、耳が落ち着きなくピョコピョコと動いていた。

「カナデ？」

「……にゃふー、レイン♪　レイン♪」

「うわっ⁉」

突然、カナデが抱きついてきた。

いきなりのことに対応できず、そのまま地面に倒れてしまう。

「んふふー、レイン♪」

カナデは俺の上に乗り、妖しい視線を落としてきた。

な、なんだ？

様子がおかしいんだけど……

「んー♪　レイン、良い匂いがするよぉ……はふぅ♪　ごろごろ」

「お、おい。カナデ？　どうしたんだ、いきなり。なんかおかしいぞ」

「私はおかしくなんてないよぉ、いつも通りだよぉ……にゃん♪」

いやいやいや、どう見てもおかしいんだけど？

いったい、カナデはどうしてしまったんだ？

そこの植物を鑑賞していたら、急にこんな調子に。毒にやられているとか、そういう様子はない。どちらかというと、酔っ払ったような感じだ。

「って、あれは⁉」

さきほどまでカナデが見ていた、茶色がかった木の実。

それは……マタタビだった。

猫に恍惚《こうこつ》感を与えるとか、そういう……ってことは、カナデは今、マタタビのせいで酔っている？

「にゃふー、レイン♪　レイン♪」

すりすりと頬を寄せられて、さらに、ぎゅうっと抱きつかれてしまう。

カナデの尻尾がうれしそうに、ふりふりと揺れていた。

「ちょっ……か、カナデ、落ち着いてくれ！　ストップ、ストップ！」

「やだぁ……ずっとこうしていたいのー」

カナデはますます体を寄せてきた。

絶対に離れてやるもんか、と言っているみたいだ。

「ねぇ、レイン……」

「な、なんだ？」

どことなく、カナデが艶っぽい。

普段は感じない色気を覚えて、妙にドキドキしてしまう。

「私ぃ……ずっとずっと、レインのことを考えているんだよ？」

「え？」

「寝ても覚めてもレインのことばっかり、なんだぁ……にゃふふ♪」

「それは、どういう……」

「レイン」

そっと、カナデが顔を近づけてきた。

って、近い!?

額と額がこつん、ってぶつかりそうな距離で……それだけじゃなくて、触れてはいけないところが触れてしまいそうだ。

それなのに、カナデは離れようとしない。しっとりと濡《ぬ》れた瞳で俺を見つめて、求めるような視線を送ってくる。

その雰囲気に飲まれてしまい、俺は金縛りにあったように動けないでいた。

「……レイン……」

「か、カナデ……？」

「私ね……レインのことが……」

ごくり、と喉を鳴らしたのは誰だろうか？

「……」

「カナデ？」

「ふにゃあ」

気がつけば、カナデがぐるぐると目を回していた。

そのまま、バタン、と後ろに倒れてしまう。

どうやら限界に達したみたいだ。

「ホッとしたというか、なんかもったいないというか……っ、疲れた」

こちらのことなんか知らないというように、カナデは地面に転がり、笑顔で寝る。なんていうか、ものすごく疲れた。

「とりあえず……帰るか」

カナデは目を覚ましそうにないので背中に。落ちないようにしっかりと手を回して、家に向けて歩き出した。

「……」

静かな街の中を、カナデを背負い歩いていく。

早朝だから人影はない。まるで、この世界に俺だけが取り残されたような気分になる。

そんなことを考えてしまうのは、たぶん、俺がまだイリスのことを気にしているから。どうしてもあの時のことを考えてしまい、忘れることができなくて、思考がマイナスに傾いてしまう。

「こんなんじゃいけないんだけどな」

早く心の整理をつけないといけない。

みんなに心配をかけないように、元気にならないといけない。

そう思うのだけど、心は応えてくれない。

「……イリスも一人なんだろうな」

遺跡に埋もれて、一人、静かに眠っているのだろう。

そんな彼女と俺は同じなのかもしれない。

現実を未だに受け入れることができず、どこかで逃げている。前を向いていると言いながら、実は目を逸らしている。

そんな俺は……

「にゃあ」

「カナデ？」

「レイン……私が……私達が一緒、だからね……にゃあ」

寝言らしく、スヤスヤと穏やかな寝息が聞こえてくる。

そんな彼女の温もりを感じて、俺はどこか温かい気持ちになる。

「カナデ、いつもありがとう」

そんな言葉が自然と出てきた。

楽しい時、辛い時。いつもカナデは傍にいてくれた。

そして……今も、こうして近くにいてくれる。

そんな彼女に、どれだけ助けられてきたことか。どれだけ癒やされてきたことか。

「そっか……俺、一人じゃないんだよな」

カナデがいる。それだけじゃない。

タニアがいる。ソラがいる。ルナがいる。ニーナがいる。ティナがいる。

みんなが……いる。

「ははっ」

今度は自然と笑みがこぼれてきた。

心の底から笑えたような気がする。

「そうだよな。俺は一人じゃない。だから……きちんと前を向いていかないとな」

「にゃあ……おさかなぁ」

「ありがとう」

一度足を止めて、ずり落ちてきたカナデを背負い直した。

それから、上を見る。

空はどこまでも青く澄んでいた。

おはようございます。こんにちは。こんばんは。深山鈴です。

はじめましての方ははじめまして。引き続き手に取っていただいている方は、いつもありがとうございます。ついに五巻となりました！

当初は二冊くらい刊行されたらうれしいなあ、と思っていただけに、想像の倍以上いったことはとても感慨深いです。いつも応援ありがとうございます。深山鈴に清き一票を！

このままがんばって、夢の二桁を目指したいですが、はたしてどうなるか。色々なことが起きている昨今ですが、諦めることなく前向きにがんばっていきたいと思います！　これからもよろしくお願いします。


しまった。あとがきはまだ書かないとダメだった。終わりっぽくしてしまったけど、まだ少し続きます。文字数稼ぎです。

あとがきらしく、五巻の内容でも。軽いネタバレ含みますので、先にあとがきを読む方は注意していただければ。

今回で、イリスとの決着がつきましたね。イリスは、個人的にお気に入りのキャラクターです。最強種が味方にばかりなっているけど、敵になる最強種がいてもいいのでは？　という発想から登場したキャラクターです。個人的には、悪のカリスマみたいな敵を想像して書き始めたのですが……なぜか、けっこうかわいらしい感じに。やっぱり、かわいいキャラクターを書いている方が楽しいので、こうなりました。でも、逆に良くなったかな、と思っていますが、どうでしたでしょうか？

最後に謝辞を。

イラストを描いてくださっているホトソウカ様、いつもありがとうございます。口絵のイリスを見て、こういうのもアリか！　としばらく悶えました。すごく素敵です。

コミカライズを担当していただいている茂村モト先生、いつもありがとうございます。ルナのキラキラ笑顔に癒やされています。そして、コミックス四巻好評発売中です！

担当様に製本に携わる方々、いつもありがとうございます。分厚くてごめんなさい。

そして、この本を手に取ってくださったみなさま、ありがとうございます。

再び会えることを願いつつ……今回はこの辺りで。ではでは！

巻末特別企画

キャラデザ大公開第五弾!

リース
アルガス

Kラノベブックス

勇者《ゆうしゃ》パーティーを追放《ついほう》されたビーストテイマー、最強種《さいきょうしゅ》の猫耳少女《ねこみみしょうじょ》と出会《であ》う5

深山《みやま》 鈴《すず》

2020年10月29日第1刷発行
2022年 9 月20日第2刷発行

発行者	森田浩章
発行所	株式会社 講談社 〒112-8001　東京都文京区音羽2-12-21
電　話	出版　(03)5395-3715 販売　(03)5395-3608 業務　(03)5395-3603
デザイン	ムシカゴグラフィクス
本文データ制作	講談社デジタル製作
印刷所	株式会社KPSプロダクツ
製本所	株式会社フォーネット社

KODANSHA

ISBN978-4-06-521536-4　N.D.C.913　339p　19cm
定価はカバーに表示してあります

ファンレター、
作品のご感想を
お待ちしています。

あて先　〒112-8001　東京都文京区音羽2-12-21
(株) 講談社　ラノベ文庫編集部 気付
「深山鈴先生」係
「ホトソウカ先生」係